クローゼットで奪いたい

IN THE CLOSET

水上ルイ

Illustration
史堂　櫂

リーフノベルズ

この物語はフィクションであり、実在の人物・団体・事件等とは、いっさい関係ありません。

リーフフェア大好評開催

リーフノベルズ・フェア開催店大公表！

フェア期間中、お買い上げの方にオリジナル便箋をプレゼント（先着順♡）
もしかしたら、サイン本も手に入るかも。
数に限りがあるので、お早めに！

4月フェア開催中

青森県青森市浜田	BOOK SHOPバズ観光通り店
宮城県仙台市青葉区中央	ブックスみやぎ
仙台市青葉区中央	アイエ書店アエル店
福島県郡山市富久山町	岩瀬書店富久山店
群馬県前橋市日吉町	戸田書店リングス前橋店
茨城県土浦市川口	白石書店モール店
石岡市東光台	TSUTAYAヤマニ石岡店
東京都渋谷区渋谷	三省堂コミックステーション
足立区千住旭町	丸善らがぁーる北千住店
町田市原町田	福家書店町田店
神奈川県横浜市神奈川区	福家書店東神奈川店
埼玉県大宮市錦町	新栄堂書店大宮店
大宮市宮町	ジュンク堂書店大宮店
入間市豊岡	紀伊国屋書店入間丸広店
静岡県清水市辻	ブックスオリエンタル
愛知県西尾市花の木町	精文館書店西尾店
三重県四日市市諏訪栄町	四日市新光堂書店
鈴鹿市末広町	宮脇書店鈴鹿店
富山県西砺波郡福光町	ファミリーブックプラザ
高岡市熊野町	文苑堂書店熊野店
大阪府大阪市浪速区幸町	文楽堂桜川店
泉佐野市羽倉崎	ブックス・パル
兵庫県神戸市中央区三宮町	エンジョイスペースGUILD
神戸市長田区若松町	喜久屋書店ジョイプラザ店
姫路市駅前町	新興書房
和歌山県御坊市薗	炭家書店
広島県福山市三之丸町	啓文社キャスパ店
広島市佐伯区藤垂園	五日市ブックセンター廣文館
三原市宮浦	みどり書店宮浦店
長崎県佐世保市上京町	博文堂京町店
福岡県福岡市中央区天神	福家書店福岡店
北九州市八幡西区	白石書店駅前店
鹿児島県鹿児島市東千石町	ひょうたん書店Warp

会員募集のお知らせ

円で、あなたもリーフメイトに！～

【入会特典！】

1. ネーム入り会員カード発行
2. 不定期情報ペーパー『りーふぃー新聞』発行
3. 年４回、会誌『Ｌｅａｆｙ』発行（会員のみ入手可）
   超豪華執筆陣！　おなじみシリーズ番外編や、オリジナル作品、コミック、
   エッセイ、イラスト、フリートークなど内容盛りだくさん!!
   Ａ５サイズ１４０頁以上！（創刊号のみ特別２４０頁!!）
4. リーフノベルズ通信販売送料が無料!!
5. オリジナルグッズ販売中！（ブックカバー、オリジナルテレカ等）

● お申し込み方法 ●

①郵便局で振替用紙に記入する。（下図参照）
②窓口で会費を振り込む。
③あとはお家で待つ。
④郵送でペーパー、会誌、会員カードが送られて来ます。

――ね？　簡単でしょ？

ご入会確認は
☆毎月末に行いますので、会誌等の初回お届けには2ヶ月程かかる場合があります。
☆また、カードはお名前の刻印がありますので、更にお時間がかかります。あらかじめご了承ください。
※3ヶ月以上たって何も届かない場合は、郵便事故の可能性がありますので、事務局までご連絡ください。

〈ＦＣご入会の場合〉

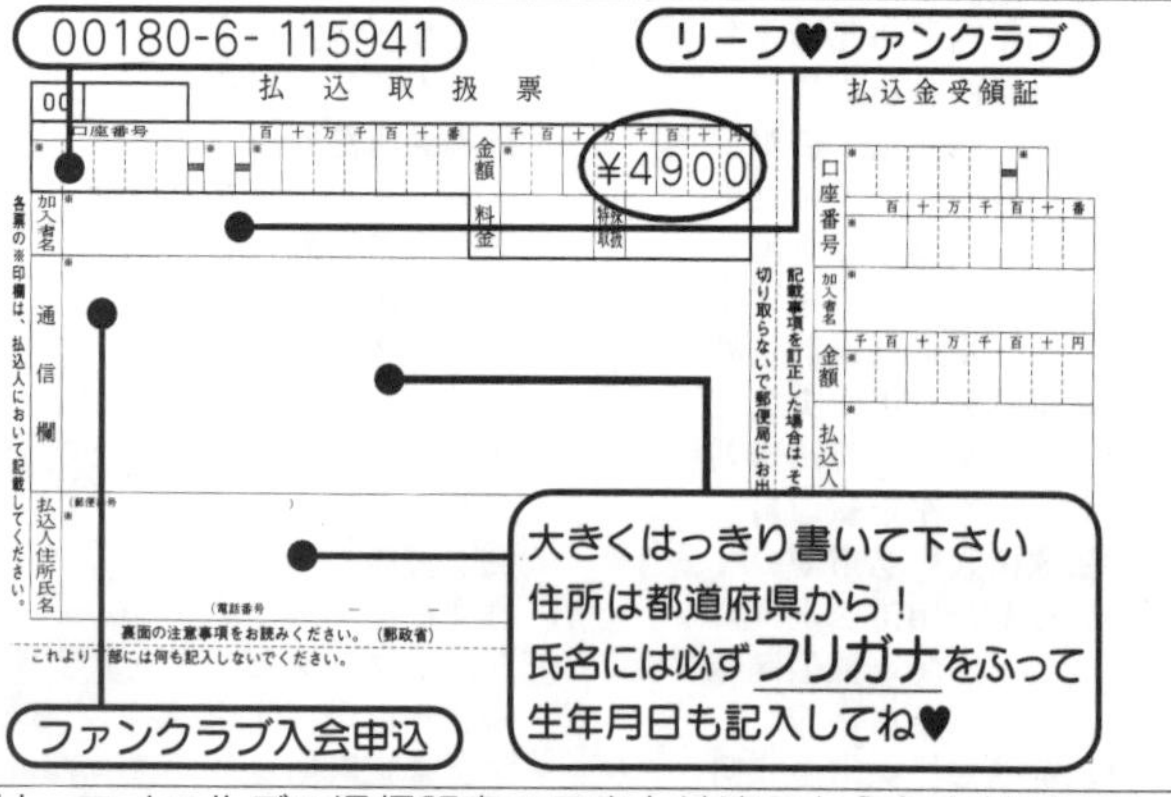

（注）リーフノベルズの通信販売の口座とは違うから気を付けてね。

「リーフ♥ファンクラブ」事務局　TEL：03-5700-2160　FAX：03-5700-0282
http://www.leaf-inc.co.jp/ 〈リーフ♥ファンクラブ URL〉 http://www.leaf-inc.co.jp/fc/fc-index.html

クローゼットで奪いたい

Natsuki 1

子供の頃、僕は両親のクローゼットの中が好きだった。

僕の両親はお洒落《しゃれ》な人たちで、当時にしてはめずらしいウォーク・イン・クローゼットに、綺麗な洋服をたくさん持っていた。

母親の、夢みたいな手触《てざわ》りのシルクのワンピース、ふわふわのアンゴラのコート。

でも僕が一番好きだったのは、しっかりした織《お》りのカシミアでできた、父親の上等のスーツ。

僕はそれを見上げながら思ってた。

きっと王子様は、絵本の挿絵《さしえ》にあるような、あんな奇妙《きみょう》な格好はしていない。

格好いいスーツを着て、お姫様を迎えに行くようにして、僕を迎えに来てくれる。

だけどそれから少しだけ大きくなった頃、僕はやっとわかった。

自分が女の子じゃないこと。

そして、男である僕には、いくら待ったって……王子様なんか来ないこと。

◆
◇
◆

「夏希《なつき》くん、こういうの困るんだよねえ」

社長が、書類をチェックしながら言う。

「生地《きじ》の値段も、縫製《ほうせい》にかかった手間賃《てま》も、君のは高すぎるんだよー」

「え？　ええと、決められた原価からはオーバーしてないはずですけど……」

僕が言うと、社長はため息をついて、

「君がいくらこだわったってね、どうせ素人《しろうと》にはわかりゃしないんだよ。それより一円でも多く儲《もう》けることを考えてくれる？　うちは小さい会社で経営厳しいんだからさあ」

社長は、自分のぺらぺらな生地の派手なジャケットを肩に引っかけ、

「おれ、今日、セージ・オカモトの新作発表パーティーに行くからさあ。先、帰るよー」

……セージ・オカモトのパーティー……！

僕の心臓が、トクンと跳ね上がる。

セージ・オカモトは、僕の一番の憧れのブランドだ。

……すごい！　セージの新作が見られるなんて……！

想像しただけでドキドキする。

早番で、もう帰り支度《じたく》をしていた販売員のリサちゃんが、

「うっそー！　セージのパーティーに招待されたんですかー？」

……パーティーに行ったら、セージ・オカモト本人を見ることだってできるかも。

……それに……『リヒト』も日本に来ているかも……？

「『リヒト』に、会えるかもしれないんですよね？　うらやましいです」

僕が思わず言うと、社長は自慢げに高笑いして、

「友達の友達から、招待状を譲《ゆず》ってもらったんだ。この業界、やっぱコネだよねえ！」

言ってから、じゃあ、お疲れ！　という声を残して、事務所の階段に消える。

足音が聞こえなくなると、リサちゃんがシラケた声で、

「友達の友達から譲って……って、要するにセージとは無関係じゃない、ねえ夏希くん？」

言いながら振り向く。僕は苦笑して、

「あはは。そういえば、そうだよね」

僕は山口《やまぐち》夏希、二十三歳。服飾《ふくしょく》デザイナーという仕事をしている。

僕が勤《つと》めている事務所は、社長の名前を掲《かか》げたデザイナーズ・ショップの二階。

いちおう場所は青山《あおやま》なんだけど、本当に小さい会社で、社長と社員、合わせてたったの四人。

さっき出ていったのが、チーフデザイナー、兼、取締役《とりしまりやく》の田中源三《たなかげんぞう》社長。社員は、ショップの店長の宮城達子《みやぎたつこ》さん、新人販売員の山田《やまだ》リサちゃん、そしてサブデザイナーの僕。

レディスも揃《そろ》えてるけど、お店の主力商品は、メンズのスーツ。服飾専門学校の学生だった頃の僕には、ウインドウに飾ってあったここのブランドのデザインは、けっこうカッコ良く見えた。

だから試験を受けて、ここに就職したんだけど……はっきり言って……期待外《はず》れだった。

社員割引してもらってやっと買えたこの店の商品は、生地も縫製も、全然よくなかった。見た目だけはいいけど、着てみると心地《ここち》よくないし、すぐに型がくずれる。

……値段だけは、ものすごく高いのに……！

僕は、チーフデザイナーである社長を助けて、いい商品を作らなきゃ、と思ったんだけど……。

僕が仕事に慣れた頃から、社長は、ショーだ、パーティーだ、と遊び歩いてばかりになった。

今では僕は、デザインのほかに、業者さんとの交渉から事務まで、全てこなさなきゃならない。

トップ以外のデザイナーが、縁《えん》の下の力持ちになって働くのは業界では当たり前のことだし、新人デザイナーが雑事までこなすのは、当然なのかもしれない……けど……。

それも修行の一環だから仕方がない、って思って、ずっとがんばってきたんだけど……。

「社長も、文句言う前に仕事しろっていうのよお、ねえ？」

リサちゃんが、デザイン画の続きを描きはじめた僕の手元を覗《のぞ》き込んで言う。

「夏希くんは偉《えら》いよお。センスあるし！　……夏希くんがデザインした服、すごく好きよ！」

「ほんと？」

僕は、顔を上げる。こう言ってもらえるのが、一番嬉しい。

「この間、社員割引きでカレシにスーツを買ってあげたじゃない？　すんごく着やすいって！カッコイイし！　先月買った私のこのブラウスも、めちゃくちゃ綺麗だし、お気に入りなのよ！」

リサちゃんとカレは、お似合いのお洒落なカップル。彼はヘアメイクの仕事をしているせいもあって、服にはすごくうるさいらしい。

「気に入ってもらえてよかった！　だいぶ苦労して生地を探したんだ！　安くていい品質のものが手に入ったし！　縫製もうまいところに頼めたし！」

勢い込んで言う僕を見て笑ってたリサちゃんが、ふと真剣な顔になって、

「だけどさ、いくら頑張ってても報《むく》われないよね。社長、夏希くんのデザインのすごさ、全然わかってないみたいだし」

僕の心臓が、ズキンと痛む。

「自分のブランド持つのが夢なんでしょう？　この店にいたら、その夢が遠退《とおの》いていかない？」

「うん。でも……勉強になるから」

笑おうとするけど、このセリフも三年目。だんだん説得力がなくなってきたところなんだ。

◆
◇
◆

洋服ができるまでの行程《こうてい》は、簡単に言うとこんな感じだ。

まず、デザイナーがデザイン画を描く。これは、よく見るファッションイラストみたいなやつ。それをもとに、CAD《※キャド》の事務所に頼んで、パタンナーさんに型紙をおこしてもらう。それがまわってきたら、縫製をする人がよく解るように仕様書《しようしょ》を書く。構造だの、縫い方だの、ボタンの種類なんかを指定する。きっと有名なブランドの専属のお針子《はりこ》さんなんかになると、こんなに詳しい仕様書は必要ないかもしれないけど、僕の会社みたいにあんまりお金を払えないところが頼めるのは、やっぱり普通の縫製工場みたいなところ。縫《ぬ》ってくれるのは、悪くすると学校を出たての僕より年下の子たちだったりする。僕がきちんと指定しないと、もう大変なことをやってきたりする。指定と全然ちがうボタンをつけたり、全然ちがう縫い方をしたり、ひどいのになるとポケットがふさがってたり……ああ……それはすでに不良品だから別としても。

でもそんな風になってしまうのは、彼らのせいじゃない。きっと説明不足の僕のせいだ。

僕は上がってきたサンプルをすみずみまでチェックして、いけない部分はきちんと説明する。全部ほどいて、自分でやりなおして逆にサンプルとして渡したこともある。

※コンピュータを利用した設計の自動システム

服飾デザイナーは、もともと自分でも縫う勉強をしてきてるから、僕にも一通《ひととお》りはできる。だけど何着も作るものだから、結局はプロの人に任せなきゃならないんだ。

最近は、少し説明すれば解ってもらえるようになって、だいぶやりやすくなってきた。

……本当は、この苦労がちょっと報われたらいいなって思ってる。でも。

僕は、上がってきたばかりのサンプルに目をやって、ため息をつく。

……やばい。袖《そで》の縫い方が指定とぜんぜん違ってる。また新人さんが入ったのかな？

……現実って、そんなにうまくはいかないものだよね……。

◆◇◆

「今日も来たのよ！　夏希くん！」

いきなりドアが開いて、声が響《ひび》く。驚いた僕は、スーツの袖を縫い直していた針を、チクンと指に刺してしまう。

「あ、イテ……」

「あらっ、大丈夫？　驚かせてごめんなさいねっ！」

入ってきたのは、ショップの店長の宮城さんだった。

気がつくと、窓の外はもう真っ暗。驚いて時計を見るともう九時近い。

早番のリサちゃんが帰り際《ぎわ》にここに寄って話していったのは、夕方五時頃だったから……もう四時間くらい、このサンプルの直しに熱中していたことになる。お店は閉店した時間だ。

宮城さんは、血の珠《たま》の滲《にじ》んできた僕の指を覗き込み、

「夏希くんたら天使みたいな美人なのに、ホント、ボケボケさんよね。そこが可愛いんだけど」

あきれた声で言って部屋を横切り、デスクの引き出しを開けて、バンドエイドの箱を出す。ディズニーのキャラクターが印刷されたピンクのバンドエイドを、僕の指に巻いてくれながら、

「前みたいに、ティッシュとガムテープでグルグル巻きにしたらダメよ！　ばい菌が入ったら、たいへんでしょう？　いくらサンプルに血をつけたくないからって！」

「う……ありがとうございます……」

赤くなりながら頭を下げた僕に笑ってから、宮城さんは、

「あ、そうそう、そんなことより……さっきまで、彼が来てたのよ、また！」

「え？　来たって……誰がですか？」

「誰がってねー、決まってるでしょ、あなたの王子様じゃないの！」

宮城さんは、スチール椅子《いす》を持ってきて僕の前に座る。

長い足を組んで、真っ赤なマニキュアをした指でタバコに火をつける。

「今夜も一着買って行ったわ。やっぱり夏希くんデザインのスーツ。彼、あなたのファンなのよ」

「……偶然だと思いますけど……」

照《て》れてしまいながら言うと、彼女は怒って鼻からタバコの煙を吹きながら、

「そうじゃないわ！　彼、一目でわかるのよ！　お店の中をざっと見回しただけで、これとこれが山口くんの新しいデザインだね？　って言うのよ！　外したことがないの！」

「ぼ……僕の名前まで教えたんですか？」

「いいじゃないの！　ねえ、いっぺん彼が来た時にお店に降りて来てみなさいよ。そりゃ格好いい男の人なんだから！　背が高くて、ハンサムで、もう、たまんないほどセクシーなの！」

「……遠慮《えんりょ》しておきます。デザイナーがお店の方にいたら、遊んでるなって社長に怒られちゃう」

宮城さんは残念そうに、夏希くんはホント真面目《まじめ》よねえ、と呟いてから、身を乗り出して、

「ねえ、彼は、本当にあなたの王子様かもしれないわよ」

「……王子様？」

彼女の真剣な声に、僕は驚いて聞き返す。宮城さんは考え深げにうなずきながら、

「服のこと、あんなにわかってるんだもん、彼はぜったい同業者だと思うのよ」

「……同業者……？」

「どこかのブランドのデザイナーってこと。……もしかして、スカウトかも！」

僕の心臓が、とくんと高鳴る。宮城さんは、興奮《こうふん》したようにタバコをぎゅっと灰皿に押しつけ、

「スカウトされて、大きなメゾンのデザイナーになって、将来は有名になるのよ！　そのきっかけを作ってくれる人が彼だとしたら、彼はあなたの王子様よ！」

目をきらきらさせながら、拳《こぶし》を握りしめ、

「ねえ、夏希くんもドキドキするでしょ？　夏希くんがいなくなったら寂しいけど、夏希くんはこんな小さい店にくすぶってるような子じゃないと思うの！　私たち、応援してるからねっ！　その才能を埋《う》もれさせたらもったいないっ！　もっと自信を持たなきゃ！」

僕は、なんだかちょっと悲しい気持ちになりながら笑う。

「ありがとうございます。でも、僕には、そんな才能はないし……」

「もうっ！　そんなに弱気なことでどうするのっ？　有名なデザイナーになりたいんでしょう？　ほら、夏希くんが憧れまくってる……『リヒト』だっけ？　あの人みたいに！」

その名前を聞くだけで、僕の胸が熱くなる。宮城さんはふと時計を見上げ、バッグを掴んで、

「あ、駅からのバスがなくなっちゃう！　夏希くん、無理しないで早く帰るのよっ！　お疲れ！」

僕は、お疲れさまです、と言って彼女を見送る。それから、デスクの上のデザイン画を見つめてため息をつく。あと二十型は描いておかなきゃ、家には帰れない。

「……現実って、そんなにうまくはいかないものだよね……」

Rihito　1

彼は、一枚のデザイン画を見つめて、動きを止めている。

新作発表のショーが終わり、ファッション誌の取材を振りきって、やっとパーティーから抜け出し、ここに来られたのが……十時。

俺がこの店に来た時からずっと、彼は一心不乱《いっしんふらん》にデザイン画を描き続けていた。

デザイン画を長いこと見つめた後、満足のいく出来だったのか、彼は一人でうなずく。

丁寧《ていねい》な手つきで、そのデザイン画を、デスクに戻す。

手を上げ、その小さな顔から黒ブチの眼鏡《めがね》を外す。

どうみても垢《あか》抜けない眼鏡の下から現れたその顔は……驚くほど美しい。

彼は、疲れ果てたように、椅子の背もたれに身体を預ける。

目を閉じて、少しあごを上げる。

……ああ……なんて綺麗な首筋をしているんだろう……。

彼の形のいい唇が少し開き、華奢《きゃしゃ》な肩がゆっくりと上下する。

彼の甘いため息が、耳元で響いたような気がする。それだけで、心臓がズキリと痛む。

……ああ、俺は、本当にやられてしまっている……。


俺の名前は、塔谷理人《とうやりひと》。『セージ・オカモト』のアトリエで服飾デザイナーをしている。

このブランドをおこしたのは、五年前。友人の岡元聖二《おかもとせいじ》と俺とで。

『セージ・オカモト』には、岡元聖二のほかに、もう一人の共同経営者、兼、チーフデザイナーがいることは知れ渡っている。

……が、それが俺であることは、一般には知られていない。

聖二のようにファッション誌の記者に追いかけられるのはうっとうしいし、そんなことよりもデザインに専念できる環境を維持《いじ》することが、俺にとっては一番大切だからだ。

『リヒト』という呼び名から、ファッション業界では岡元聖二の共同経営者は外国人だろう、と勝手に噂《うわさ》されている。聖二が面白半分に肯定《こうてい》したために、業界ではそれが定説になった。

俺が『リヒト』だと知っているのは、会社の社員、そしてごく少数のベテランモデルくらい。

俺の肩書きはシンプルに、服飾デザイナー室チーフデザイナー、そして室長。

それ以外のプロフィールもいたってシンプル。男、二十八歳、そしてゲイだ。

俺はため息をついて、三杯目のギムレットを飲み干す。

今夜もまた、彼を遠くから見つめて、こうしてグラスを重ねることになるのだろう。

このバーの内装は洒落ているし、美味《うま》いカクテルを作るバーテンダーもいる。

だが窓からの景色はいただけない。道路をはさんだところに、向かいのブティックの事務所が丸見えになっているのだ。だから常連は皆、カウンター以外の席には座ろうとしない。窓際のテーブルに座るのは、お互いのことしか目に入らないカップルくらい。

ただし、彼を見つめている、俺を除《のぞ》いては。


いつも来ていたこの店から、彼を見つけたのは、ほんの偶然だった。

その夜は雨が強く降っていて、店はいつになく混雑していた。バーカウンターのいつものスツールにも先客がいた。

カウンターの中のバーテンダーと目が合うと、彼はすまなそうな顔で近づいて来て、小声で、

「空《あ》けておこうと思ったんですけど。雨の日のお客さんは、なかなか席を立ってくれなくて」

出直そうとしていた俺は、その声で急に、喉が渇《かわ》いているのを思い出した。

「テーブルで飲むよ。……ギムレット。一杯で帰るから、強目で」

彼に言って、窓際の席に座った。

道路を隔《へだ》てたところに、隣の建物がある。少し見下ろす位置に、オフィスの明かり。コレクション前のきつい残業を終えて来たというのに、どうして他人のオフィスを覗かなければいけないんだ、と俺はため息をついた。

見るともなしに見た窓の向こう、そのオフィスには、質素《しっそ》なグレーの事務机が二つ。部屋の隅《すみ》には何体ものボディーがあり、仮縫い中の服が何着も着せられている。机の上には散乱したデザイン画。見慣れた光景だった。俺と同業者、服飾デザイナーのオフィスだ。向かいのビルの一階は、小さなブティックだったはず。そこの店のデザイナーが、〆切《しめきり》前の残業をしているのだろう。

時計を見るともう二時を過ぎていた。そういえば、そのオフィスにはこの時間まで電気が灯っていることが多い。でなければ、いつも遅い時間にここに来る俺が、テーブル席からの景色がよくない、などという印象を持つことはなかったろう。人影は見えないがどんな人物だろう、こんな時間まで毎日のように残業なんて随分《ずいぶん》と熱心なデザイナーだな、と俺は興味を持った。

ふいに俺の視界に入って来たのは、思ったより若い人影。

華奢なあご、白くて小さな顔。だが、レンズが光を反射している不格好な黒ブチ眼鏡に邪魔されて、その表情は解らない。

柔らかそうな艶《つや》のある髪。ほっそりとした身体に生成《きなり》のシャツと色のあせたジーンズ。

ふいに俺に背を向けると、自分の身体を抱きしめるような格好をして動きを止める。

たぶん、俺の視界から外れたあたりにボディーがあり、それに着せたサンプルの服を吟味《ぎんみ》しているのだろう。

彼はしばらく俺に背中を見せたままで立っていたが、ふいに早足で俺の視界から消える。

戻って来た彼の手にあったのは、一枚の男物のスーツ。

彼はデスクの前に座り、目の前のボディーにそれを着せなおす。

窓に近いところなので、そのスーツは俺からもよく見ることができた。

……いいデザインだ。

……流行の型ではあるが、それに流されすぎてはいない。吟味された色、いい仕立て。

俺の心が、不思議なほどざわめいた。

……俺は、もしかしたら、たいへんな才能の持ち主、とんでもなく高価な宝石の原石を見つけてしまったのかもしれない……。

明日の夜、まだブティックが開いている時間に来てみよう、そして彼のデザインした服を間近《まぢか》で見て、彼の実力をこの目で確かめさせてもらおう、と俺は心に決めた。

バーは間接照明だけで薄暗い。皓々《こうこう》と蛍光灯《けいこうとう》のともったオフィスからは、こちら側の様子は解らないはず。まさか向かい側のビルから覗かれているとは、彼は思ってもいないだろう。

彼は疲れたのか、椅子の背に寄り掛かって身体をのばす。そしてそっと黒ブチの眼鏡を外す。

目をこらしていた俺は、思わず息をのんだ。

眼鏡を取った彼は……それほど美しかった。

真っ白で滑らかな頬、上品な鼻梁《びりょう》。反り返った長い長いまつげ。

凛とした雰囲気の整った顔。しかしその唇は柔らかそうで、黒い瞳は誘うように潤《うる》んでいた。

俺は、呆然《ぼうぜん》と彼に見とれたまま、思った。

……今すぐ店を出て、君のいる場所に駆け込みたい。

欲望にも似た激しい熱が、俺の心臓を、ズキリと痛ませた。

……ああ、この気持ちは、いったいなんだろう……？


彼を初めて見た時に感じたその気持ちは、今も変わっていない。

いや、それどころか、日毎《ひごと》に激しくなっていく。

自分は冷徹《れいてつ》な人間だと、今までずっと思ってきた。

美しいものを追求するとき以外の全ての時間、俺の心はまるで鋼鉄《こうてつ》のように冷たく堅い。

……なのに、彼を想うときだけは、俺は……、
俺は、今夜も彼を見つめたまま、つらいため息をつく。

……ああ……俺はいったいどうしたというんだろう……。

Natsuki 2

僕はできあがったデザイン画をチェックし、満足して一人でうなずく。

目が疲れたせいで、なんだかすごく重く感じてる眼鏡を取る。

……疲れたぁ……。

椅子の背に、身体を預ける。

こんなだらけた格好をしてて、社長なんかに見られたら、怒られそう。

だけど、パーティーの後にはいつも飲み歩いてる社長が、会社に戻るわけがないし、それに。

……誰かが見てるわけでもないし、残業の時くらい、ちょっとだらけてもいいよね……。

僕は思って、その格好のまま深いため息をつく。時計を見ると、そろそろ十一時。

……でも、あと十枚は描かなきゃ。今夜もまた、このまま残業かなあ……。

地下鉄は終電が早いから、すぐに電車がなくなってしまう。

「……よし、オッケー」

青山、地下鉄の神宮外苑前駅《じんぐうがいえんまええき》のそばにある職場から、裏原宿《はらじゅく》にある僕のアパートまでは、歩きで帰ったら意外に時間がかかる。

クタクタになるまで残業して、そのあとで延々《えんえん》歩いて帰るのは、つらいものがある。

でも、しょっちゅうタクシーに乗るだけの余裕なんて、僕にはないし。

だから僕は、ちょっと奮発《ふんぱつ》して、銀色のマウンテンバイクを買った。

そして今では、毎日、自転車通勤。

すごく暑い日や真冬は少しつらいけど、これでだいぶ楽になった。金銭的にも、精神的にも。

それまで僕が一番つらかったのは、給料が安いことでも、待遇《たいぐう》がよくないことでもなかった。

僕が真剣にデザインしたものを、完全な仕上がりでないまま、商品としてお店に出されてしまうこと。作った本人が納得していない商品を、誰かの前に出されてしまうこと。

入社してすぐは、そういうことの連続だった。

事務処理とか業者さんとの交渉でバタバタしているうちに、〆切の日が来てしまい、まだ納得してない出来なのに、商品がお店に出されてしまう。

僕は疲れ果て、もうデザイナーなんかやめたい、と何度も考えた。

でも最近少し解ってきた。結局は、自分がこだわりを持ってがんばるしかないってこと。

だから、残業すること自体はそんなにつらくない。

もちろん残業代は出ないし、身体もつらいけど、デザインに打ち込める時間が増えて、納得いくまで手が加えられるってことだから。

本当はちょっと、その努力が報われたらいいなと思ってる。でも……。

僕は、暗い窓の外を見るともなしに見つめて、ため息をつく。

うちの会社から、道路一本隔てたところある、石造りの重厚《じゅうこう》なビル。
一、二階は、イタリアでも有名な三ツ星レストラン。三階が同じ会社が経営する、落ち着いたバーのはず。雑誌で見かけたお店の内装があんまりお洒落だったから、通りすがりにメニューを覗いたことがあった。でも、レストランはおろか、バーで一杯、も僕にはムリな値段で。
駆け出しデザイナーの僕からすれば、道路を一本隔てたところは……夢の、別世界だ。

ビルの窓には、洒落たオレンジ色の間接照明。テーブル席に揺れている、ろうそくの明かり。

無粋な蛍光灯の明かりの下、疲れ果てた僕には、なんだか、胸が痛くなるほど綺麗に見える。

……いいなあ。あそこで優雅《ゆうが》にお酒を飲めるようなお金持ちの人が、いるんだもんなあ。

……すごく大きなメゾンで働けて、有名になれたら、僕もあんなところに行けたりするのかな。

僕は、なんだか泣いてしまいそうになって、慌てて身を起こす。

……夢みたいなコト思ってないで、仕事しなきゃ……！

……だって、僕なんかのところに、王子様なんか来るわけがないんだから……！

Rihito 2

『……ああ、ん……』

社長室のドアを開けた途端《とたん》、聞こえてきた甘い声に、俺は足を止めた。

『セージ・オカモト』社長の岡元聖二は、いつものように背もたれの高い革の椅子に腰掛けていた。だが、いつもと違うのは、彼の膝《ひざ》の上に青年が横座りしていること。

聖二とその青年は、熱烈なキスを交《か》わしていた。

キスのあと、青年は甘ったるい声の英語で、

『……ああん、僕、そんなつもりできたんじゃないのにい……』

などと口では言いつつも……しっかり手が相手の首にまわっている。

聖二は、完璧な発音の英語で、

『……頬を染めた君も綺麗だ。やっぱり、うちの服は君によく似合う』

『……ああん、それなら今年も、『セージ・スポーツ』のモデルに使ってください……』

キツネとタヌキの化《ば》かし合いのようなその応酬《おうしゅう》に、俺は小さくため息をつく。

聖二が、その気配に気づいたように、ふと目を上げる。

青年の肩越しに、俺に向かってにやりと笑いながら、

『……いいよ。そのかわり、君の綺麗なここに、キスマークをつけていい？　専属モデルの印だ』

はだけた襟《えり》。聖二は彼の首筋に吸血鬼のように歯をたてる。青年は演技を忘れたように震え、

『……ああんっ、聖二っ……』

聖二の、青年の腰を抱いていた手がそっと離れ、指を広げてみせる。

あと五分もあれば終わるから待っていてくれ、ということだ。

聖二は、青年の白い首筋に熱烈なキスをしながら、俺に向かって片目をつぶる。

精いっぱいイヤそうな顔で眉《まゆ》を顰《ひそ》めて見せてから、俺はそっとドアを閉める。

あんなキスをしておいて、いつもと全く変わらない目をしているところが、ヤツらしい。

俺は荷物を床に置き、社長室の手前にある秘書用のデスクに腰かけ、タバコに火をつける。

タバコを一本吸い終わり、次のタバコに火をつけた時、社長室のドアが開いた。紅潮した頬をして出て来た美しい青年が、荷物を持ち上げようとした俺に気づいて、

『あ……塔谷さん！』

彼は、甘えた目で俺に擦《す》り寄る。シャツの襟でギリギリ隠れる位置に、聖二のキスマーク。

『ショー、素晴らしかった！　僕、今年も、『セージ・スポーツ』のモデルをやりたくて……』

『そういう話は、社長にすればじゅうぶんだ。……おやすみ、エリック。いい夢をね』

英語で言って立ち上がり、秘書のデスクから灰皿を取る。拗《す》ねたような顔で、しかし甘い流し目を忘れずに、彼がドアを開く。彼が出ていったのを確かめてから、俺は社長室に入る。

「タバコの灰を落とさないでくれよ。焦《こ》げ跡なんか作ったら、最高級のペルシャ絨毯《じゅうたん》が泣く」

聖二は苦笑しながら、立ち上がる。いつもながら、彼のスーツの着こなしには一分《いちぶ》の隙《すき》もない。まるでさっきまでの熱烈なラヴシーンは、幻だったかのようだ。

「いいものを見られて得をしたね、理人。デザイナー岡元聖二の、本物のキスシーンだぞ」

「そんなものは見飽《あ》きた。お前は本当に手当たり次第だな。彼とキスをしたのも、ビジネスか？」

言うと、聖二は楽しそうに笑う。部屋を横切って来て、俺の指から吸いかけのタバコを取る。ソファに座って、美味そうにそれを吸う。ゆっくりと煙を吐き出してから、

「当然だ。彼が『セージ・スポーツ』のイメージモデルになって、売り上げが昨年より十一・七パーセント伸びたんだ。ご褒美《ほうび》だよ。……しかも誘ってきたのは彼。断ったら失礼だろう？」

「エリックは、来月で契約更新だったな。あっちもビジネスというわけか」

聖二は楽しそうな顔でうなずく。俺は深いため息をつく。何もかもが虚《むな》しくなりそうだ。

「話は何だ？　パーティーからさっさと消えたと思ったら、いったい……」

聖二は言葉を切って、俺の足元のブティックの名前入りの紙バッグを見る。

「……また『彼』のところに通っていたのか？　ゲンゾウ・タナカ？　随分ゴツそうな名前だな」

「それは、社長の名前だろう。彼の名前は、ヤマグチナツキ。彼の商品はこれだ」

俺は、今日買って来たスーツの上下を、ローテーブルの上に広げて見せる。

「これ以上、デザイナーを増やす気はないと言ったのに」

聖二はあきれたように言ってから、タバコを灰皿に押し付ける。

俺はジャケットの表面を、手の甲でたどりながら、

「生地はイタリア製だろう。どうやって仕入れたのかわからないが、非常に高価なカシミアだ。セージ・オカモトでも、オートクチュールでしか使っていないようなものだ」

言うと、聖二は、どうせうちは経営が苦しいよ、と言って眉をしかめて見せてから、俺と同じように手の甲で生地に触れてみる。

手触りのいい、柔らかな布の表面に手を滑らせ、うっとりした顔をして、

「ああ、これはいいな。生地のハリと言い、軽さや柔らかさといい……うちでこの生地を使ったスーツなら、八十万円は取る。いったいいくらで買ったんだ？」

「八万五千円」

「……なに？」

聖二は度肝《どぎも》を抜かれたように身を起こし、俺の顔を見つめて、

「どこでそんな生地を手に入れているんだ？　普通の流通ルートを通したら、絶対に無理だ」

「販売員の女性の話によると、独自の買い付けルートを持っているらしい」

「独自の？　どういうことだ？　どこか海外の紡績《ぼうせき》工場とでも提携《ていけい》しているのか？」

聖二が、経営者の目になって言う。超高級素材を扱うセージ・オカモトでは、生地の買い付け価格は、いつも悩みの種だからだ。俺は肩をすくめて、

「もっと簡単なことだ。だが、セージ・オカモトでは無理だよ」

「……え？」

「五反田《ごたんだ》にある生地店の店主と知り合いなんだそうだ。デザイナーの人柄に惚れ込んだ店主が、イタリアで買い付けてきた最高級の生地を、彼だけには卸値《おろしね》で売ってくれるらしい」

聖二は呆気《あっけ》にとられた顔をしてから、ふと笑って、

「なんとなく、この会社を興した当時が懐かしいような話だな」

今では『セージ・オカモト』の元には、世界中の生地屋がサンプルを送りつけてくる。だが、まだ会社ができたばかりでブランドの名前が知られていなかった頃には、上質の生地を扱う業者を探して奔走《ほんそう》したこともあった。

俺は、自分の上着の内ポケットから、小さく畳《たた》んだ布製のメジャーを出す。

ファッション業界は、とてもきらびやかな世界だ。しかしそれはしょせん表向きだけ。華やかなショーのステージの裏には、長く地味な創作作業があるだけだ。

どんなにブランド名が売れようが、メディアで大きく取り上げられようが、服飾デザイナーは単なる職人だ。それを忘れた時、デザイナーは簡単に堕落《だらく》してしまう。

このメジャーは、それを忘れないための、お守りでもある。

「襟はノッチド・ラペル。ゴーチラインのスタート地点は首筋から九十五ミリ、ゴーチラインと下襟の角度はほぼ五十度。襟幅は百ミリ。胸ポケットを四分の一だけ覆《おお》う。いいバランスだ」

ゴーチラインというのは、上襟と下襟の縫い目のこと。ゴーチラインと襟の幅は、スーツのVゾーンのバランスを決める重要な場所だ。襟が広すぎたり狭《せま》すぎたりするものはすぐに流行遅れになるし、Vゾーンのバランスが悪いスーツは下品だ。

俺は襟を指先で摘《つま》み、振ってみて、手触りを確かめる。

「芯地《しん》は、多分上等のホースヘアー。堅すぎず、とてもしなやかで軽い」

ヨーロッパのブランドでは、襟の芯地の素材を企業秘密にする。硬すぎる芯地の入った襟は着る人間の疲労《ひろう》を早め、スーツ全体の着心地を大きく左右する。襟はそれくらい重要なものだ。

「ショルダーと、なだらかにシェイプさせた全体のバランスは、英国風。上等の水牛の角《つの》を使ったホーンボタン。ボタンホールは手縫いしてある」

俺はメジャーを当て、その完璧なバランスを確かめる。

「サイドポケットの上辺延長上から、十五ミリ下に下のボタンがついている。上のボタンはそこから百五ミリ上だ。袖のボタンは四つ。そのうち三つにボタンホールがある正統派」

俺は上着をテーブルの上に戻し、スラックスを手にとって、

「深い股上《またがみ》。本来ならベルトレスでサスペンダーにしたいところだろうが、いちおうベルト通しがついている。タックは左右二本、現代風の外向きだ。前開きはファスナーではなく六個のボタンで留める、正式なスタイルだな」

聖二は楽しそうに笑い、

「私も、ハニーには、ファスナーではなく六ツボタンのスラックスをはいて欲しいな。ボタンを外す時、うんとジラしていじめることができるからね」

俺は下品なことを言う聖二を睨《にら》み、それから気を取り直して、

「上着のポケットは蓋《フラップ》なし、スラックスのポケットの長さは百五十ミリ。便利さよりもシルエットを優先したようで、ヒップポケットはついていない」

「……いい出来だ」

俺は言って、上着とスラックスをテーブルの上に並べて、

「最近の若いデザイナーにしては珍しい、完璧な仕事だな」

聖二は感心したように唸《うな》る。

流行を追いすぎるブランドでは、奇抜《きばつ》なデザインが先走り、着心地の良さや、正統派のスーツに定められたたられた美しい伝統様式などが、すでに忘れ果てられている場合が多いからだ。

聖二は、スーツを取り上げ、俺に渡す。

「ここにはボディーがない。着て見せてくれ」

スーツを脱ぎ捨てて、Yシャツとビキニブリーフだけになった俺の身体の上を、聖二の視線が往復する。わざとらしく視線を腰のあたりに止めてから、流し目で俺を見上げ、

「『セイジ・スポーツ』の新作ブリーフの黒か。いいな、とてもセクシーだ。しかしあんなに甘いキスシーンを見せたんだから、興奮してくれているかと思ったのに」

「おまえなんかのキスを見たくらいで、興奮するか」

スラックスに足を通し、前ボタンをとめる。上着を羽織《はお》り、着心地を確かめる。生地の肌触り、着やすさ、姿見に映した時の洒落たライン。いつもながら、彼の商品は見事な出来だ。そして、まるでオーダーでもしたように俺のサイズにぴったりとくる。

聖二の顔には、ふざけた表情は微塵《みじん》もなかった。考え深げに眉間《みけん》に皺《しわ》を寄せ、厳しい声で、

「後ろを見せて。……歩いて」

俺は、広い社長室の分厚い絨毯の上を、向こうの壁際まで歩く。

聖二は立ち上がって、真剣な顔で腕組みをしながら、俺に指示を出す。

「……腕を上げて……回って……歩いて……もう一度。そこでまっすぐに立って」

長い時間、思いつく限りのことをさせてから、聖二は俺に歩み寄る。

「動いた時にできる絶妙の襞《ひだ》は、直立した瞬間に魔法のように消える。これこそが完璧に仕立てられたスーツだ」

最後に俺の身体の表面をひととおり撫《な》でると、一歩下がって、

「だが、完璧に仕立てられただけではなく……」

聖二は、考え込むような声で、

「なぜ、こんなに優雅に見えるんだ？　もともと美しいおまえが……さらに完璧な男に見える」

「上着のシェイプと、丈《たけ》の加減かな。彼は、絶妙のバランス感覚を持っているんだ」

俺はスーツを着たままでソファに座り直し、紙袋から出した封筒を逆さまにして、写真をテーブルの上に広げる。

まるで花畑のように見えるカラフルなそれらの写真は、ナツキがデザインした服たちだ。スーツだけでなく、婦人服も多数ある。これらの服を買う時には、だいぶ緊張《きんちょう》した。

だが販売員は、俺をデザイナーをスカウトしようとしている業界人と見抜いたようだった。

店に足を運ぶたび、デザイナー『ヤマグチナツキ』がどんなに素晴らしいかを教えてくれる。

彼の控えめで優しい性格、仕事にかける情熱と素晴らしい才能、しかし普段は少しポーッとしていて、とても可愛らしいこと。俺は、それらを知るほど……ナツキにのめりこんでいく。

これらの写真は、ナツキの服をモデルに着せ、プロのフォトグラファーに撮影させたものだ。高い技術と卓抜《たくばつ》したバランス感覚。

ナツキのデザインした服は、どれも優雅で、軽やかで、しかもドラマティックだ。

婦人服は、新しい素材、計算されたシェイプ、斬新《ざんしん》なアイディアを全面に押し出している。撮影を手伝ってくれた有名フォトグラファーが、素晴らしい、と呟《つぶ》いていたのも当然に思える。

どこかの有名メゾンのコレクション・スナップでも見ているかのように……完成度が高い。

聖二は、その写真を一枚一枚たんねんに見つめ、それから恐ろしそうな顔をして、

「気味が悪いほどの才能だ。これが、おまえが言っていた、ナツキ、か？」

俺がうなずくと、彼はため息をついて、

「わかった。その、彼と話をしてみよう。明日、私から連絡をつけてみる」

「頼む。ただし、彼にだけは手を出さないと約束してくれ」

聖二は、さあね、というように肩をすくめる。それからふいに厳しい顔になって、

「お前は、とんでもないライバルを見つけて来たのかもしれない。おまえにとっても、もちろん、私にとってもね」

Natsuki 3

運命の日は、突然やってくる。

昨夜も残業で寝不足の僕は、いつものように眠気と戦いつつ、デザイン画を描いていた。

社長はまだ来てなくて、宮城さんとリサちゃんは開店したばかりのショップのほうにいた。まだお客さんはいないのか、ショップとつながった裏階段から、二人の笑い声が聞こえてくる。

僕はデザイン画が散らかったデスクの前から立ち上がって、道路に面した窓を大きく開け放つ。

緑の匂いを含んで爽《さわ》やかに乾いた風が、気持ちよく吹き込んでくる。

眠気ざましのノビをしたところで、デスクの上の電話が鳴った。僕は慌てて駆《か》け寄り、

「はい、ゲンゾウ・タナカ・ブティックでございます」

受話器を取って、一応丁寧に言うけど、きっと相手は社長だ。

二日酔いだから休むって電話だろう。パーティーに行った次の朝は、いつもそうだから。

『……お世話になっております。私、株式会社オカモトのオカモトと申しますが……』

受話器から聞こえて来たのは、男らしいすごい美声。僕は慌てて姿勢を正す。

「……は、はい、いつもお世話になっております」

一応言うけど、株式会社オカモトって、どこ？　と僕はまだ少しボーッとする頭で考えていた。

……新しく取り引きしたボタン屋さん？　……いや、あれは株式会社サカモトで……ええと。

『デザイナーのヤマグチナツキさんをお願いできますか？』

「山口は、僕ですが……」

紳士的で丁寧な話し方に、僕は全然聞き覚えがなかった。

『はじめまして。私、セージ・オカモトというブランドの仕事をしている者です』

……セージ・オカモト！

僕は飛び上がった。

……社長が昨日行くって言ってたのは、セージのパーティーだ！

……社長が、なんかヤバイことしちゃったっ？

僕は焦りまくって、

「パーティーで、うちの社長が何かご迷惑をおかけしたんですか？　すみません！　あの……」

相手は一瞬黙ってから、急に笑いだし、

『……そうではありません。私が用があるのは、ヤマグチさん、あなたにですよ』

「……僕、ですか？」

『そうです。単刀直入《たんとうちょくにゅう》に言わせていただきますと……』

相手は、そこで絶妙な間を置いてから、

『……ヤマグチさん。あなた、うちのデザイナー室で働く気はありませんか？』

◆◇◆

僕の目の前には、星が散ってしまっていた。

……『セージ・オカモト』のデザイナー室で、僕が、働く？

セージ・オカモトは、世界に通用する、デザイナーズ・ブランドだ。

パリ・コレクションやミラノ・コレクションにも出て注目されている。まだ新しいブランドだけど、そのデザインの斬新さと秀逸さで、あっという間にトップレベルにのし上がった。

ここからそんなに離れてない青山の一等地に、広くて洒落たブティックと自社ビルを持ってる。

生地も、仕立ても、デザインも、超一級。僕の、昔からの、一番の憧れのブランドだ。

あまりに雲の上の存在すぎて……僕は入社試験を受けに行くことすらできなかった。

「……僕なんかに、スカウトの電話がきたってことだけでも信じられないのに……」

僕は手元にあった、世界のファッション雑誌を手当たり次第にめくってみる。『セージ・オカモト』のデザインの出ていないものを探すほうが難しいほどだ。

……こんなすごい会社が、僕なんかを必要としてる……？

僕は、しばらく考えてから、小さくため息をつく。

きっと……聞き違いだったんだ。

『セージ・オカモト』じゃなくて、『レージ・オカモト』とかいう名前の小さな会社、とか。

オカモトさんと名乗る人とは、待ち合わせをして、詳しい話を聞くことになってしまった。

……やっぱり、すごく小さい会社で、給料も今より安かったりして……。

……そうかも。きっとそうだ。

……だから社員不足で、服飾専門学校の卒業名簿《めいぼ》を見て、手当たり次第に電話してるとか……。

……じゃなかったら、僕の名前まで知ってるの、おかしいもんね……。

僕は、デスクの上に突《つ》っ伏《ぷ》して、ため息をつく。

宮城さんが言ってた、あなたに王子様が来るかも、って言葉を思い出して、胸が痛む。

……現実は、きっとそんなに甘くない……。

……僕に、王子様なんか来るわけがないじゃないか……。

それでもいちおう話だけでも聞いてみようと思ってる自分が……なんだか情けない。

◆◇◆

待ち合わせの時間の五分前に、僕はその店の前に着いた。

夕暮れのオープンテラス。外国人の格好いいカップルが見つめ合いながらワインを飲んでいたりして、すごくお洒落なカフェ。

僕は、大事なマウンテンバイクをチェーンで電柱にくくりつけ、背中に背負ったデイパックを下ろしながらカフェの中を見渡す。

オカモトさんは、オレンジ色のシャツを着てオレンジ色のネクタイをしているからすぐわかる、と言っていた。あの礼儀正しい口調と、話の内容からすると、きっと人事部の人かなんかだろう。でも人事部の人がオレンジ色のシャツとネクタイで……上司に怒られたりしないのかな？

テラス席を見渡して僕の視線が、一人の男の人のところに吸い寄せられる。

流行の小さめのサングラス。すごくいいスーツを着てる。クラシカルなシェイプの三つボタン。見ただけで高級素材って解るような、チェコールグレイの生地。それにごく薄いタンジェリンのシャツ。ネクタイは、うっとりするような発色のテラコッタオレンジ。

……あの上等の生地と縫製、絶妙な色遣いは、『セージ・オカモト』の製品？

……ああ、持って帰って生地サンプルに加えたいような、ものすごく綺麗な色……！

彼は長い脚を組んで、通りの方を見ながらタバコを吸っている。

……あの人も待ち合わせかな？　それにしても格好いいなあ……。

彼は、かけていた小さめのサングラスを上げて、洗練された仕草で腕時計を覗きこむ。

その人の顔を見た途端、僕は金縛りにあったように動けなくなってしまった。

……セージ・オカモト！　本人だっ！

……雑誌で見たとおり……いや、実物の方が、さらに格好いい！

背が高くて細身の身体を、仕立てのいいスーツに包んだ姿は、まるでモデルさんみたい。

彫りの深い顔。洒落たふうにカットされた癖のある髪。

僕は待ち合わせのことも忘れて、店の入り口に立ったまま、呆然と彼を見つめてしまっていた。

彼は、ふと視線に気づいたように顔を上げ、そのままゆっくりとこっちを向く。

いくら有名人だからって、じろじろ見たら失礼だよね、と思いつつ、僕は目がそらせなかった。

彼はふいにタバコを灰皿に押しつけ、優雅な仕草でテラスチェアーから立ち上がった。

ゆっくりとこっちに向かって歩いてくる彼を見つめ、僕はその場で硬直していた。

そして自分に向けて発せられた言葉を聞いて……その場で失神しそうになってしまった。

「……山口さんですね？　私が、お電話差し上げた岡元です」

Rihito 3

青山にあるオフィスから、松濤《しょうとう》にある俺の家まで、道が空いていれば車で二十分。

俺は、何かに急《せ》かされるように、車を走らせていた。

俺の車は、モスグリーンのジャガーXK190。響きのあるエグゾーストノート、獰猛だが俺にだけは忠実な獣のように安定した運動性能が気に入っているために、渋滞《じゅうたい》ばかりの246通りを使って通勤することも、いつもはそんなに不快ではない。

しかし、今夜の俺は、とても焦り、苛《いら》ついていた。頭の中は、ナツキのことでいっぱいだった。

……ナツキは……どう返事をしただろう……？

やっとのことで246からいつもの裏道に入り、俺はアクセルを踏み込む。

松濤の、渋谷《しぶや》駅から遠い静かな場所に、俺の家はある。

リモコンを使って門を開け、車を敷地内に乗り入れる。

駐車スペースに、真っ赤なフェラーリ。聖二の車だ。

この辺りでは、見慣れない派手な車が路上駐車などしていたら、すぐに警察に通報される。生粋《きっすい》のお坊ちゃん独特の無神経さで、聖二はその派手な車を自分の停めたい場所に停める。レッカー移動されないために、俺は仕方なく聖二に門を開閉するためのリモコンを渡していた。

いつもなら、また来ているのか、とうんざりするところだが……、
今夜の俺は、聖二の車を見て、少なからずほっとしていた。

まさかとは思うが、会ってそのままナツキがどこかに連れ込まれでもしていたらどうしようかと心配していたからだ。……聖二ならやりかねない。

俺は車を降り、樹の生《お》い茂った庭を通り抜ける。両親が亡くなってから、ずっと俺一人で住んでいる家だ。一人で暮らすのが寂しすぎるほど、庭も建物もたっぷりと広い。

贅沢《ぜいたく》な平屋《ひらや》造り。休日の隠《かく》れ家《が》、というイメージが気に入っている。

家の明かりは消えていたが、東屋《あずまや》風のアウトドア・リビングのスタンドが点けられていた。

タイシルクのクッションを置いた、ローズウッドでできたカウチ。そこに、グラスを片手に持った聖二が、くつろいだ様子で座っているのが見える。俺に気づくとグラスを上げて見せて、

「……やあ。おかえり、理人」

ローテーブルに、持参して来たらしい一九八一年ものの『マルケス・デ・アーロ　グラン・レゼルヴァ』。血のような赤のスペイン《リオハ》ワイン。すでにほとんど中身は残ってなさそうだが。

「……ナツキに会ってきたよ」

俺は靴のままでリビングの大理石の床を踏《ふ》み、カウチの横に立って聖二を見下ろす。

「ナツキに、何もしていないだろうな」

聖二は、空いているグラスに赤ワインを注《そそ》ぎ、俺に差し出しながら、

「可愛い子だった。嬉しそうに頬を紅潮させていた。自制するのに苦労したよ」

それから、女性なら腰砕けになりそうな流し目でこっちを見て、

「お前の望みをかなえたんだ。ご褒美に、キスをさせてくれないか？」

俺はため息をつきながら、グラスを受け取り、

「……殴《なぐ》られたいのか？」

「本当にケチな男だ。一度くらい、いいじゃないか」

俺が黙って睨むと、聖二は、降参、というように両手を上げて、

「勘弁してくれ。明日はヴォーグ・パリの取材がある。新進気鋭《きえい》の日本人デザイナー、セージ・オカモトが目の周りに青あざを作っていたら、ファッション業界中が大騒ぎになるよ」

俺は、彼の向かい側のソファに座り、

「……ナツキは、どんな子だった？」

つい、最初に聞いてしまう。聖二は可笑《おか》しそうに笑って、

「おいおい、そんなにがっつくなよ」

「これはビジネスの話だ。彼はセージ・オカモトにふさわしい人間だと思うか？」

聖二は、ふとその顔から笑いを消し、なにかを思い出すように視線を遠くに向け、

「カフェの入り口に立って、こっちを見つめていた。声をかけると、死にそうに驚いた顔をした。緊張しまくって挨拶《あいさつ》をし、ミネラルウォーターのグラスを倒し、泣きそうな顔で謝った」

「それから？」

「私たちはテラスチェアーに向かい合わせに座り、彼はアイスティーを頼んだ。ちょうど陽《ひ》が落ちかけたところで、彼の綺麗な顔と、柔らかそうな髪が、金色に染《そ》まっていた」

俺は、遠くからしか見たことのない、夏希の美しい姿を思い出す。

そして、夕日に染まる彼の滑らかな頬と、長いまつげ、微風に揺れる髪を想像する。

……ああ、どうしてそれだけで、こんなに鼓動が速くなるんだろう……。

聖二は、反応を楽しむように俺を見て、わざとゆっくりとグラスを傾ける。俺は眉を顰めて、

「……続きを」

「彼は真剣に話を聞いていた。私がコーヒーを三杯飲み終わり、彼の手つかずのアイスティーの氷が完全に溶けた頃、やっと彼はうなずいた。今いる会社のことを心配していたらしい。だが最後には、あなたの会社で働かせて欲しい、と言った」

聖二は、俺を上目遣いに見つめ、笑いを含んだ声で、

「……こんなに怖い男が、待ち受けているとも知らずにね」

「それから？　続きを話してくれ、聖二」

「食事に誘ったが、丁寧に、だがきっぱり断られた。会社に戻って残業をすると言って。世界に名だたるこのセージ・オカモトよりも、一着のスーツの方が気になって仕方がないようだったよ。飲み物の礼を言って、最後に少しだけ笑ってくれた。彼の笑顔が、今でも網膜《もうまく》に焼きついている」

「……それで？」

「白いTシャツの背中にデイパックを背負って、銀色のマウンテンバイクに乗って走り去った。報告は以上だ。……何か質問は？」

俺は少し緊張しながら、

「ひとつだけ。……彼は、採用か？」

共同経営者とはいえ、聖二の同意がなければ採用することはできない。

聖二は、赤ワインを一口飲んでから、深くため息をついて、

「公私混同《こうしこんどう》もはなはだしい」

「……なに？」

聖二は、俺を見つめて低く笑って、

「あのボウヤを、抱きたいんだろう？　会社のために彼の才能が欲しいだなんて嘘《うそ》だ。おまえはおまえのために、彼の身体が欲しいだけだ」

「違う」

「よく響《ひび》く、甘い声をしていた。感じさせたら、いい声で泣くだろうな」

「やめろ、聖二」

「ぴったりしたジーンズをはいていた。細い腰としなやかな脚。ナツキのアソコはきっと……」

「やめろと言ったろう！」

俺はグラスを置いて立ち上がり、聖二の襟首を掴んだ。彼を立たせて顔をまっすぐ見つめ、

「彼の身体が欲しいのではない！　俺は、デザイナーとしての彼の才能が欲しい！　彼は素晴らしい才能を持っている！　このままでは、彼の才能は枯《か》れ果てて埋もれてしまう！」

思わず叫ぶ。聖二は襟を掴まれたまま、なにかを考えるような顔でしばらく黙る。それから、

「……彼は、採用だよ」

あまりにも静かな声。俺が思わず手を離すと、聖二は眉をつり上げて、

「ワインを零《こぼ》して染みがついたらどうしてくれる？　七十万円もする、この夏の新作だぞ」

グラスに残っていた赤ワインを飲み干す。それから苦笑を含んだ声で、

「しかし。……私たちは、なんでこんなものに命をかけてしまうんだろう？　宿命かな？」

グラスをローテーブルに置き、そのまま庭に出ていく。ふと立ち止まり、振り向かないままで、

「私は、ナツキが気に入った。好きになったかもしれない。いや、抱きたいのかもしれないな」

彼は振り向く。その端整な顔には、楽しむような笑み。

「勝負は一週間後、ナツキが来てからだ。正直にならないと、私に先を越されるぞ」

「聖二！　どういうつもりだ？」

「本当は抱きたいくせに。……私が彼を先に奪っても、恨《うら》まないでくれよ」

彼は言って、踵《きびす》を返す。足音が闇の中に消えていき、しばらくして車が走り去る音がした。

俺の脳裏を、夏希の姿がよぎる。

……違う、俺は彼の身体が欲しいのではなく……、
ズキ、と身体の奥が激しく痛む。

白い首筋、優雅に動く細い指先、長いまつげと潤んだ瞳、そしてキスを誘うような珊瑚《さんご》色の唇。

……俺はナツキの才能が欲しい。彼に心酔し、彼の作品を讃美《さんび》している。しかし……、
自分を貫いた凶暴なまでの欲望に、俺は悟《さと》る。

……ああ、そうだ。それだけではない……。

俺は、震えるため息をつきながら思った。

……俺は……ナツキ、君を抱いてしまいたいんだよ……。

Natsuki 4

……夢みたい。本当に、夢みたいだ……。

裏原宿にある、僕の部屋。時間は、朝の七時。

昨日、あのカフェに行って、岡元聖二さんに会って。

事務所に戻ってからも、まだ信じられなくて、放心しちゃって、仕事にならなくて。

だから今日の昼までに終わらせるべき仕事が、まだ残ってる。

……ああ、早くお店に行って、新しい商品のチェックを終わらせなきゃいけないのに……。

僕は、ダイニングの椅子に座り込んだまま、ため息をついた。

……信じられない。あの、本物の、岡元聖二さんが……。

思い出すだけで、心臓がまたバクバクいっちゃう。

……僕に、うちのデザイナー室で働きませんか、だなんて……！

……信じられない！　けど……！

僕は、手を伸ばしてテーブルの上から名刺《めいし》を取る。何度も確かめたそれを、また読み返す。

『株式会社岡元代表取締役　服飾デザイナー
　岡元聖二』

上等の紙。洒落たフォントの文字が、英語と日本語で印刷されている。

「岡元聖二とお茶して、名刺もらっちゃったなんて言ったら、うちの社長、腰を抜かしそう！」

想像して、笑ってしまう。

……けど。

僕の良心が、またチリリと痛む。

……今の会社の社長から何を学べたかって聞かれたら、なんとも答えられないけど……、

……でも駆け出しだった僕を、最初からデザイナーとして働かせてくれて……。

……社長には、やっぱり恩がある。だから、簡単に転職なんかしちゃダメだって思う……。

……なのに、僕ったら……、
僕は、ため息をついた。

しばらく考えさせて欲しいって言った僕に、岡元さんは、待てないって言った。

すぐにでも会社を辞め、自分の会社で働いて欲しいって。できれば一週間以内に。

そんなことを言われるなんて思ってもいなかった僕は、ただ呆然としてしまって。

彼は、夢のように華やかなファッション業界の話をしてくれ、デザイナーとしての僕はそれに思わず聞き惚れてしまった。だって、今の会社にいたら、一生縁がないようなことばかりで。

岡元さんは、ゴシップ誌で噂されているような遊び人とは思えなかったし、モテそうなハンサムな顔に似合わない、すごくしっかりとしたファッション哲学を持っていた。

彼はただのマグレで成功した人じゃない、と僕は確信した。

溢《あふ》れる才能と、センスと……、

彼は、少し意味深《いみしん》な口調で、会社が成功したのは自分だけの力ではなく、自分の共同経営者である、右腕……というよりも半身にあたるようなデザイナーがいたからだ、と言った。

自分と、そしてもう一人の男を助けて欲しい、と囁《ささや》かれて、僕の心臓がとくんと跳ね上がった。

岡元聖二に共同経営者の男の人がいて、その彼のデザインがコレクションの中でも半分を占《し》めているのは有名な話。だけどその人のプロフィールも、顔も、業界では謎《なぞ》に包まれている。

僕は、岡元聖二のデザインはすごいと思う。世界に通用するデザイナーだって思う。……けど。

こんなことを言っちゃ悪いかもしれないけど……実は、もう一人の彼のデザインした作品に、僕は、昔から、胸が痛くなるほど憧れていたんだ。

そのデザイナーは、『リヒト』と呼ばれていた。

本名も国籍も不明だけど、『リヒト』の才能とセンスは、業界では伝説になるほど。

『リヒト』は、ドイツ語で『光』とか『灯』とかいう意味。僕にはすごく神秘的で美しい言葉に思える。彼は旧東ベルリンに在住の、ドイツ人男性だ、って業界ゴシップ誌に載っていた。僕は『リヒト』に憧れ、雑誌に載っていた彼の作品は残らず切り抜いて、スクラップブックに貼ってある。

彼のデザインは、基本的にはシンプルで品がいい。彼のデザインした服を着たモデルは、誰もみな、とても高貴《こうき》で、都会的で、理知的に見える。

でも、彼のデザインには、ただ品がいいだけじゃない、にじみ出る野性のようなものがある。それは、石造りのお城のダイニングルーム、最高級のスーツを着た紳士が、鋭《するど》い狩猟《しゅりょう》用のナイフ一本で晩餐《ばんさん》の肉を切り裂いているようなイメージ。

とても高貴で、洗練されている。だけどどこか野蛮《やばん》なほどに大胆で。

その不思議なバランスが、『リヒト』のデザインの個性であり、魅力であり。

僕は、『リヒト』のデザインした服を見るだけで、ものすごく身体が熱くなる。

彼のデザインは、そう……セクシー……なんだ。

……もし、『セージ・オカモト』で働けることになったら……、

僕の心臓が、とくんと高鳴った。

……『リヒト』にも、いつか、会えるかも……!

そう思っただけでも、僕の心は揺らいでしまった。

僕が心の奥深くにしまっていた何かに、ぽっと明るい火が灯ったような気がした。

そして僕は、熱にでも浮かされたように、彼の言葉にうなずいてしまった。

『あなたの会社で働かせてください』って言ってしまった。

彼の言葉が紡《つむ》ぎ出してくれた世界を想像するだけで、僕の鼓動が速くなる。

自分が、あんな立派な、そして素晴らしい作品を生み出すメゾンで働けることを思っただけで、身体が熱くなる。

そして……憧れの、『リヒト』に、一度でいいから、会ってみたい……。

僕は、手の中の名刺を見つめる。

それはなんだか、僕を夢の世界に誘ってくれる、インヴィテーション・カードみたいに見えた。

僕はダイニングの椅子に座り込み、その名刺を手に包んだまま、速くなる鼓動を抑《おさ》えようとして、震えるため息をついた。

……ああ、僕は……、

……『セージ・オカモト』で働きたいんだ……！

「夏希！　お湯が吹いてるっ！」

「夏希！　パンが焦げるよっ！」

いきなり窓の方から聞こえた声に、僕はハッとして名刺をシャツの胸ポケットに入れる。

慌ててキッチンの方を見ると、ヤカンが盛大な湯気《ゆげ》を上げてて、オーブンから焦げくさい匂いがしていて。僕は慌てて立ち上がり、

「ああっ！　ぼーっとしちゃったっ！」

キッチンに駆け込もうとした拍子に、テーブルの脚に足の小指をぶつけてしまう。

「……あっ！　くうー……っ！」

あまりの痛さに、指を押さえて床に座り込む。

バルコニーの窓から、背の高い二つの人影が入ってきて僕のそばにしゃがみこみ、

「夏希！　大丈夫？」

「痛い？　見せてごらん？」

同じ声で言う。僕はちょっと涙目になりながらも、

「大丈夫。ちょっとぶつけただけ。すぐ治るよ」

言うと、二人はため息をついて立ち上がり、

「まったく、おマヌケさんなんだから！」

「いいから、ちょっとそこに座ってて！」

同じ声で叫んで、僕の小さなキッチンに入っていく。

僕らが住んでいる『さくら荘』は、裏原宿にある小さなアパートだ。築《ちく》・数十年？　って感じで古いけど、表参道《おもてさんどう》にある同潤会《どうじゅんかい》アパートみたいな、味のある建物。日本のアパート、というよりは、映画で見たイタリアの裏街のパラッツォ（お城、じゃなくて、イタリアの共同アパートみたいな建物のことだけど）ってイメージ。

古い煉瓦《れんが》でできた二階建。それぞれの部屋についた小さなバルコニー（低い仕切りがあるだけだから、乗り越えればそこから簡単に隣の部屋に遊びに行ける）からは、狭い中庭が見下ろせる。

部屋は、六畳と四畳半の洋室。それに簡素なキッチンとバス、トイレ。

洋風の建物を意識したのか、昔の建物にしては、天井が高い。二階にあたる部屋は（僕の部屋も二階だけど）天井が斜《なな》めに傾いていて、その一番高いところに丸い明かり取りの窓がある。まるで秘密の屋根裏部屋にいるみたい。オトナから見ればただの狭苦しい部屋、なんだろうけど、僕らにはなんだか妙に楽しい。そのうえ家賃《やちん》が安いせいで、ここには服飾系専門学校の学生とか、駆け出しのデザイナーとか、モデルの卵とかが集まってて、まるで学校の寮にでもいるみたいににぎやかで楽しいいんだ。

バルコニーづたいに、今朝も僕の部屋に遊びに来たのは、隣の部屋に住んでる一卵性双生児の兄弟、クリスとアンディ。名字はブルックス。イギリス人。二十歳《はたち》になったばかり。でも身長は僕よりずっと高くて、肩が張って腰の引き締まった完璧なモデル体型をしてる。

貴族的な目鼻立ち、白い肌、金色の髪、少年らしさを残したきらきら光るブルーの瞳を持つ、本当にハンサムな二人だ。並んでいると、完璧な出来の一対《いっつい》のマネキン《マヌキャン》人形みたい。けっこうなお金持ちの家の息子さんたちみたいだけど、語学留学とか言いながら（日本語は僕よりずっと完璧なんだけど！）、イギリスから日本に来て、モデルをしている。

二人は、キッチンから顔を出して、

「大丈夫！　お湯は、まだ蒸発しきってなかった！　紅茶、アールグレイでいいね？」

「大丈夫！　パンは、まだ焦げてなかった！　パンを入れる籠《かご》、これでいいね？」

僕は、二人が一張羅《いっちょうら》のスーツを着て、お揃いのネクタイをしてることに気づく。

このスーツは、二人の誕生日に、僕がデザインして、プレゼントしたもの。

型はお揃い。全体は、二人のクラシカルな美貌に似合うような、オーソドックスなライン。ラペルとカラーのところに、さりげなくデザインを入れた。目立たないけど、実はすごく手がこんだ作りだ。

量販店につるしで売ってるスーツとはちょっと違う、僕の自信作なんだよね。

アンディは黒、クリスはチェコールグレイに、両方とも細いチョークストライプが入った生地。両方とも、僕が交渉して安く卸してもらった、最高級のイタリア製サマーウールだ。

ちゃんと採寸をし、仮縫いもして仕立てたから、彼らの身体に本当にフィットしてる。

ただでさえ美しいこの二人が、このスーツを着ると、見とれるほど優雅に見える。

そして、僕までなんだか誇らしい気分になる。

彼らはこのスーツをとても大切にしてくれていて、面接とかの大切な時には必ず着てくれる。

「今日は面接？　何時から？」

言うと、二人は揃って振り返り、揃って肩をすくめると、

「十時に代官山《だいかんやま》。こんな天気のいい日に、かったるいけど……」

「事務所が行けって言うから仕方ないよ。本当は夏希と三人で一日のんびりしたいのにな……」

こんなに綺麗な二人なんだから、どう考えたってものすごい売れっ子モデルだろう……と思うんだけど、実は彼らは日本では全然売れてない。

イギリスでもモデルをしていて、あっちでは雑誌に出たりしてわりと有名だったらしいけど、まだ日本に来て日が浅いせいと、どんなメインモデルも霞ませてしまう、ありあまる存在感で……どうやら彼らは、日本の業界ではちょっと浮いてるらしい。

「この前のCMの仕事、クライアントのオヤジが、ホテルに来ない？　3Pオッケー？　とか言ったから、僕らモデルで男娼じゃないぞって殴っちゃった！　そしたら降ろされた！」

「新しい雑誌の仕事、後輩イジメするモデルがいて、ケンカした！　そしたら降ろされた！」

歌うみたいな二人の口調は、なんだか楽しげだ。

自分たちが最高だってことを解ってくれる王子様が、いつかは現れる。だから自分たちは自分たちのやり方を見失わずに、チャンスを待っているだけでいい。二人はよくそう言う。

その自信が、二人をこんなに楽しげに、そして自由に見せてるんだろう。

優雅な見かけに寄らずマメな二人は、僕の部屋の中をくるくると動き回って、お茶を入れたり、パンをテーブルに出したりしてくれている。お人形みたいに綺麗な彼らがいると、ただでさえオモチャっぽいこのアパートが、まるでおとぎの国みたい。

僕は、なんだか楽しい気分になりながら立ち上がり、キッチンに入る。

「オレンジと、マスカットと、ピンクグレープルーツを買ってきたんだ。マチェドニアを作るね」

冷蔵庫からシャンパンと果物を出す。果物の皮を剥《む》き、種を取り、賽《さい》の目に切る。

果物を、フォブ・コープで買ってきた大ぶりのデュラレックスのグラスにたっぷり入れる。

その上にミントの葉っぱを飾っていると、両方の肩越しから、双子が手元を覗き込んで、

「美味しそう！　夏希のマチェドニアは一番のごちそう！　ねえ、なにかいいことあったの？」

「そうそう、こんなにたくさん果物買って！　それにシャンパン！」

「えへへ」

僕は笑いながら、トレイの上に、フルーツを山盛りにしたグラスとシャンパンのハーフボトル（奮発すれば僕でも買える安いヤツ）を乗せ、二人がセッティングしてくれたテーブルに運ぶ。

「なになに？　その嬉しそうな顔！　まさか、いいコが現れちゃったとかっ？」

「だめだよ！　夏希は僕ら二人の恋人なんだからっ！　浮気はなしっ！」

二人は僕の後ろをついてきながら、勝手なことを叫んでる。グラスを並べながら僕は吹き出し、

「君たち二人と、いつ恋人になった？　僕、年下に興味ないよ！」

「神様《ジーザス・クライスト》っ！」

二人はお祈りのポーズで叫び、がっくり、というジェスチャーをしながら、椅子に座る。

それから、僕がシャンパンを開けようとしているのに気づいて、だめーっ、と同時に叫ぶ。

「前にコルクを飛ばして、シャンパンをシャワーにしたじゃない！」

「そうそう。駆け出しデザイナーと失業中のモデルたちに、シャンパンは貴重品なんだよ」

アンディが僕の手からシャンパンを取り上げ、手早くメタルカバーと針金を外す。器用な手つきでコルクを引き上げる。ポン、と小さな音がするけど、シャンパンは一滴《いってき》も零れない。

「すごぉい！　お見事！」

僕が拍手をすると、アンディは優雅に一礼して、フルーツの上からグラスにシャンパンを注ぐ。キラキラと光る金色の泡《あわ》が日差しに輝いて、朝のシャンパンはすごく綺麗。

クリスが、気が抜ける！　と叫び、アンディの手から、余ったシャンパンの入った瓶《びん》を奪ってキッチンに走り込む。ラップで蓋をして、大切そうに冷蔵庫に入れて、戻ってくる。

「これから面接に行くCM、契約料二千万円だよ！　ほかのモデルは今頃大騒ぎで準備してる。なのに僕らは、優雅にシャンパンなんて！」

クリスが椅子に座りながら言う。アンディが肩をすくめ、

「チャンスも、王子様も、あっちからやってくる。僕らはやるだけのことをやって、あとは優雅に待てばいい。運命の仕事ならば受かる、そうでなきゃ落ちる、それだけ」

二人はそれぞれグラスを持ち上げ、僕を見て、声を揃えて、

「乾杯《かんぱい》の言葉をどうぞ」

「ええと……」

僕は果物でいっぱいの、ずっしりと重いグラスを持ち上げ、

「……二人の幸運と、二人の王子様に。それから、ええと……」

ちょっと赤くなりながら、小さい声で、

「……僕のチャンスも、本物でありますように」

僕らは鹿爪《しかつめ》らしい顔でグラスを合わせ、気取ってグラスを傾けて、鼻の上に落ちてきた果物に大笑いする。クリスが笑いながら、

「やっぱり夏希になにかあった！　いつもと乾杯の言葉が違うし！」

「仕事のこと？　ついに来た？　どっかからスカウト！」

「……えっ……」

僕が言葉に詰まると、二人は本当に嬉しそうに、

「やっぱりそうだっ！　夏希みたいなお姫様に、王子様が来ないわけがないんだ！」

「そうそう！　いつかは来ると思ってたけど……で？」

二人はテーブルの上に身を乗り出し、声を揃えて、

「どんな王子様が来たの？」

「……えっ、そ、そんなんじゃないけど……あの……」

僕は照れてなんだか赤くなってしまいながら、

「……ええと、セージ・オカモトから、スカウトが……」

胸ポケットから名刺を出して、二人に見せる。

「ええーっ？」

二人は声を上げて、名刺を覗き込み、それから、

「すっごい！　最高だよっ！」

「本当っ！　ものすごい王子様だっ！」

叫びながら勢いよく立ち上がり、テーブルを回り込んできて、

「夏希っ！　おめでとうーっ！」

「おめでとう！　さすが僕らの夏希だ！」
言いながら、両方から僕の身体をぎゅうぎゅう抱きしめる。
「苦しいってば！　でも、ありがとう！」
僕は、なんだか泣いてしまいそうになる。
例えば、僕らくらいの年齢で。
彼らは一流モデル、僕は一流デザイナーって、お互いに大きな夢を持っていて。
そのうちの僕だけが、先に夢へのチケットを手にしてしまった。
僕は、本当は、ちょっとだけ心配だった。
もしかして、二人はあまり喜んでくれないいんじゃないか、なんて。
……でも。
なんだか自分のことのように、二人は喜んでくれて。
僕は、こんないい子たちと友達になれてよかった、ってしみじみ思ったりして。
そしてあらためて、嬉しさが湧《わ》いてきたりして。
……応援してくれる二人のためにも……、
僕は、思う。
……ちゃんとがんばらなくちゃ……！

Rihito 4

「わたしも、そして『リヒト』も、この会社を売る気はありません」

聖二が言う。

青山にある『セージ・オカモト』のオフィス。その社長室。

目の前のソファに座っているのは、嵩沢正典《たかざわまさのり》という男。

ファッション業界では最大手と言われる会社をいくつも経営している、嵩沢コーポレーションの社長。まだ三十二歳の若さだが、二年前に彼が社長の座についてから、嵩沢グループはさらに事業を拡大し、業績を伸ばし続けているらしい。

まあ、事業を拡大、というよりは、業績の伸びない企業の情報をハイエナのようにかぎつけ、吸収合併《がっぺい》という形でその利益を奪い取る、という方が正しい。

彼は、長身の身体で、最高級のスーツを着こなしている。

一目で解る、フランスの老舗《しにせ》ブランド、『ジョルジュ・デュバリエ』のスーツだ。

そのブランドは、近々彼の手によって嵩沢グループに吸収合併されるという噂だ。いうなれば、そのスーツは、侵攻《しんこう》の戦利品。

そして、その嵩沢グループが次に目をつけたのが……、

「どこでどういう情報を聞かれたのかわかりませんが……うちの経営は安定していますよ」

聖二が言うと、嵩沢は、そのモデル並みにハンサムな顔に真意のつかめない笑いを浮かべ、

「それはもちろんそうでしょう。都内に五店舗《てんぽ》、国内ではほかに札幌《さっぽろ》、大阪《おおさか》、博多《はかた》。海外では、パリ、ローマ、ニューヨーク。来月にはジュネーブに新店舗がオープンする」

すらすらと言って、聖二の顔を見つめ、

「しかし、デザイナーである方々だけでこれだけの会社を経営するのは、難しいのでは？　私たちは経営のプロです。私たちに任せていただければ、さらに利益を拡大することをお約束しますよ。岡元さんも、ミスター『リヒト』も、そちらの塔谷さん率いるデザインチームも、心おきなくデザイン業務に集中することができる。デザインがよくなればますます業績が伸びる」

「そして、あなたの懐《ふところ》には、労《ろう》せずしてたくさんの利益が転がり込む……というわけですね」

聖二が皮肉な口調で言うと、

「私は、『セージ・オカモト』のファンでね。ぜひ一緒に仕事をさせていただきたいんですよ」

彼は楽しそうに言う。聖二は眉を顰めてソファから立ち上がり、

「すみませんが、嵩沢さん。私も、デザイナーの塔谷も、これから会議がありますので」

嵩沢は、やれやれ、という顔をし、名刺をローテーブルに置いて、ソファから立ち上がる。

「悪い話ではないと思いますよ。ミスター『リヒト』ともゆっくりご相談なさってください」

「『リヒト』も賛成するとは思えませんが」

聖二が言う。俺は黙って立ち上がり、部屋を横切って歩く。ドアを開き、

「今日は、わざわざのご足労、ありがとうございました」

嵩沢は肩をすくめ、ドアを出る。その後ろ姿に向かって、俺は、

「嵩沢さん、いいスーツをお選びですね」

「え？　ああ、『セージ・オカモト』チーフデザイナーのあなたに誉《ほ》められるとは、光栄な……」

「でもネクタイの柄は最悪です。『ジョルジュ・デュヴァリエ』のデザイナーの復讐では？」

言い捨てて、ドアを閉めてやる。聖二は、同感だ、とうなずいてから俺を見上げ、

「嵩沢グループの手腕《しゅわん》は普通じゃない。もっと用心した方がいいかな、ミスター『リヒト』？」

「俺とおまえが、負けるわけがないだろう？」

俺が言って、話はそこで終わりになった。

その後、あんなことが起きるとは……その時の俺たちは、予想もしていなかったのだ。

Natsuki 5

今朝から僕の心臓はバクバク言いっぱなし。いや、ホントは、一週間前のあの日からかな。

僕は、古めかしい、堂々とした石造りの建物を見上げてる。

道路に面した一階と二階はガラス張りのショップ。三階から十階までが、オフィス。

ピカピカに磨き上げられた真鍮《しんちゅう》の板に光ってる文字は……、

『Seiji　Okamoto』

ああ……ついに来てしまった。

岡元聖二社長とのいきなりの面接の後、僕はここの人事部に呼び出された。

その時やっと、僕は実感した。本当に、ここの会社に入っていいんだっていうこと。

面接と簡単な会社説明があって、書類だの身分証明書だのが送られてきたのは、五日前。

今まで勤めていた会社を辞《や》められたのは、なんと昨日だ。

昨夜は、田中社長、宮城さん、リサちゃんが送別会を開いてくれた。急に辞めることになった僕はすごく気がとがめていたんだけど、社長に、「気にしないで。今までよくやってくれたし」って言ってもらえて、少しほっとして。宮城さんとリサちゃんは、「夏希くんに王子様が」って喜んでいたけど、最後は「寂しくなるわぁ、遊びに来てね」って大泣きして。酔っぱらった社長も、そして僕も、つられてちょっと泣いたりして。僕はいい人たちと一緒に働けていたことを、すごく感謝した。そして、迷惑をかけた彼らのためにもがんばらなきゃって心に誓ったんだ。

　横手にある社員用通用口（といってもホテルのエントランスみたいに立派！）から建物に入る。模様張りの大理石を敷き詰めた吹き抜けのロビー。すごい美人の受付嬢の鋭い視線に怯《おび》えつつ、ポケットから出した身分証明バッジを見せて、エレベーターに乗る。

　デザイナー室は、七階。だいぶ早い時間に来たから、エレベーターは貸し切りだ。

　エレベーターを下りると、エレベーターホールの窓から晴れ渡った朝の街が見渡せる。

　テレビで見てイメージしていたとおり、パリのメゾン！　って感じの天井の高い廊下。いかにも老舗のクチュリエが中で働いてます！　って感じの重々しい樫材《オーク》の扉。そこに打ち付けられた真鍮の板に、洒落た字体《フォント》で『Design《デザイン》 Room《ルーム》』と刻印されている。

　……かっこいい、かっこいい！　こんな格好いいメゾンで、僕が働けるなんて！

　時計を見ると、八時半。始業は九時半だって聞いたから、まだきっと誰も来ていないよね。思いつつ、気軽にドアを押して開けてしまった僕は、そのままその場に立ちすくんだ。

部屋の中には、五人の人間がいた。このデザイナー室に勤務している社長以外のデザイナーは五人って聞いたから、そのメンバーは、もうきっちり揃ってるってことだ。

……やばいっ……初出勤で、一番ビリなんて……っ！

一人の男の人が前に立ち、あとの四人が神妙に並んでるところを見ると……朝のミーティングが始まってるってこと……？

「君たちは、こんなものを、『セージ・オカモト』の商品として許すのか？」

僕の方に背を向けた男の人が、一枚の綿《めん》のシャツを手にとって言っている。

背が高くて、逞《たくま》しく肩が張っていて、見とれるほど脚が長い。日本人離れした完璧なスタイル。モデルサイズのスーツも、この人なら直しなしで着られるだろう。

「半端な仕事をする人間は、この会社には必要ない」

後ろ姿の彼の、静かだけど、すごく厳しい声。

彼の部下のデザイナーらしき人たちは、青ざめた顔で固まっている。

「このデザイナー室で働いていることにプライドを持て。ここで働くことを許された君たちは、完璧な仕事ができるだけの能力を持っているはずだ」

静かな、よく響く、聞き惚れてしまうような美声。……だから、なおさら怖い。

「完璧でないことを自分に許した時、デザイナーは簡単に堕落してしまう。憶《おぼ》えておきなさい」

怯えて固まったままの僕の心臓が、トクンと跳ね上がる。

……なんだろう……?

……この人の言葉を聞いていると、なんだか胸が熱くなってくるみたいな……。

四人のうちの一人、年配の女の人がふと目を上げ、ドアのところにいる僕に気づいて、

「室長、どなたかいらしていますが……」

背の高い男の人が、彼女の視線をたどるようにして、ふいに振り向いた。

「……あ……」

彼を見た時、僕の心臓が、ズキン、と甘く痛んだ。

振り向いた彼は、室長という職位にしては若く見えた。二十七、八歳くらい。

彫りの深い顔立ち。きりりとした男っぽい眉。厳《きび》しい光を放つ、奥二重《おくぶたえ》の目。

内に秘められた情熱と、高いプライドがかいま見える、高貴な眼差し。

スーツにふさわしく、きっちりとカットされた艶のある黒い髪。

僕は、彼の完璧に整った顔に見とれながら……こんなに美しい男の人を見るのは初めてだ……

と呆然と思ってしまっていた。

彼のスーツは、上等の生地を使い、熟練した職人が仕立《した》てたものだろう。

最高級のスーツを一分のスキもなく着こなした彼は、神々しいまでに優雅に見えた。

……すごい、こんな人が本当に存在しているなんて。まるで……、

……僕が、ずっとイメージしていた、王子様、そのもの……。

彼の黒い瞳は、まるで高い岸壁《がんぺき》から見下ろした海のように、深い深い色をしていた。

南の島の海じゃない。海底深くに暗い情熱を秘めた、しかしとても冷たい冬の海。

吸い込まれそうなほど美しくて……でも、どこか、怖いような……。

「山口くんだね？」

冷静な声で言われて、僕はハッと我に返る。

……うわ、僕ってば……！

そして、一人で真っ赤になる。

……会ったばかりの人をぶしつけにジロジロ見たりして……！

……すごく失礼かも……！

「は、はいっ、山口です！」

「そんな隅にいないで、ここへ来て、きちんと自己紹介をしてくれないか」

無感情な声で言われると、ぼんやり突っ立っていた自分がすごくバカみたいに思える。

……この美しい男の人に、軽蔑《けいべつ》されちゃったかも……！

思うだけで、なんだか泣いてしまいそうになる。

勇気をふるいおこして、彼の横に並ぶ。

あらためて向かい合った四人の人たちは、全員、いかにもデザイナー！　って感じですごく格好よくて、しかもすごく怖そうに見えた。

僕は、緊張で死にそうになりながら、

「本日からこちらで働かせていただくことになりました、山口夏希と申します。まだ駆け出しなので、皆さんにご迷惑をおかけするかもしれませんが……よろしくお願いします」

声が震えてしまって、なんだかさらに情けなくなる。

僕の挨拶《あいさつ》にも、四人はまったく無表情のまま。

……やっぱり僕みたいな新人が来たら、やっぱり、本当に、迷惑だよね……。

……ああ……このままここを飛び出して、家に逃げ帰っちゃいたい……。

室長と呼ばれた背の高い彼が、

「紹介しよう。副室長の永井敏子《ながいとしこ》さん。『セージ・ファム』ブランド、婦人服の責任者だ」

「永井です。よろしくお願いします」

さっき僕に気づいてくれた年配の女の人が、冷たい目で僕を凝視《ぎょうし》しながら頭を下げる。

「同じく『セージ・ファム』の椎名玲子《しいなれいこ》さん」

「椎名です、よろしく」

黒っぽいきついメイクの女の人が頭を下げる。髪を短いボブカットにしている。細身の身体に『セージ・ファム』の懐古調《かいこ》のスーツが似合ってる。

「『セージ・スポーツ』の責任者の伊藤《いとう》ヒサシくん」

「よろしく」

彼は痩《や》せた身体に『セージ・スポーツ』のモッズ風のぴったりしたスーツを着て、髪を短く刈《か》っている。耳には、上の方までズラッとシルバーのピアスが並んでて……今っぽい。

「そして『セージ・スポーツ』担当のデイヴィッド・本多《ほんだ》君」

ハーフっぽい濃い目の顔に、モデルっぽいがっしりした身体。『セージ・スポーツ』のジップアップのシャツ。歳は僕と一番近そうだったけど、見下ろしてくる目はすごく冷たい。

「そして俺が、『セージ・オカモト』担当の塔谷。チーフデザイナーだ。よろしく、山口くん」

親しみのかけらもない声で言われる。皆の冷たい凝視に怯えた僕は、隣にいる彼を見上げて、

「……よろしくお願いします……」

僕の言葉の語尾《ごび》が消えないうちに、塔谷室長は皆を見渡して、

「仕事に戻ってくれ。アトリエ・コレクションの〆切まで、あと一週間だ」

塔谷室長は、視線を僕に移し、

「君の担当は、『セージ・オカモト』。俺の下についてもらう。デスクはあそこ」

彼は一番スミっこのほうにある空のデスクを指さす。そして室長席に座る。永井さんがサンプルらしき服を持って駆け寄っていって、彼はそのまま仕事の話を始めてしまう。

……僕、なにをすればいいんだろう……？

僕は、彼がさっき指さしたデスクに向かい、ずっと抱きしめていた荷物を置く。

隣の席に座ってるのは、ハーフのデイヴィッドくん。

ここにいる全員が、すごく個性的で、すごく格好よくて、そしてすごくとっつきにくい。

でも、ここでメゲちゃいけない。僕は勇気を振り絞《しぼ》って、

「あのう……僕で、なにかお手伝い出来ることは……」

忙しそうにしていたデイヴィッドくんが、振り向いて僕を見つめる。なんだかすごーくバカにしたような目だ。怯える僕に、冷たい声で、

「君の担当は、『セージ・オカモト』だろう？　室長に聞いてくれる？」

「……あ、そうですね。すみません……」

僕は謝って、塔谷室長のデスクの前に向かう。はっきり言って、この人が一番コワイんだけど。

あの、と言いかけたとたん、塔谷室長が立ち上がり、僕は思わず一歩後ずさる。

「君には、クローゼットの商品整理をしてもらう。ついて来なさい」

「……は……はい……」

……クローゼット……。

彼の後について歩きながら、僕は呆然としていた。

……僕だって、自分にそんなに実力があるとは思ってないけど……。

……でも二年間デザイナーやって、それなりにがんばってきたつもりなのに……。

なんだか、涙がこぼれそうになる。

……僕なんて、ここじゃ何の役にも立たないってことかな……。

入り口のドアに近いところにもう一つドアがあり、塔谷室長はそれを開けてさっさと入って行く。彼が、室内の蛍光灯を点け、

「……あっ……！」

僕は思わず声を上げてしまう。

その部屋は、広い広いウオーク・イン・クローゼットだった。両側にセージの服がずらっと並んでいる。どれもこれもすごくいい生地で、見るからに仕立てのいい……、

「すごい！　やっぱり『セージ』の服は素晴らしいです！　僕、ずっと憧れてたんです！」

思わず叫んでしまって、シマッタと思って塔谷室長を見上げる。

意外なことに、彼は少し微笑んで、

「そう言ってもらえて嬉しいよ。デザイナー室にようこそ、山口夏希くん」

その柔らかな表情は、すぐに厳しい顔に取って代わられた。

でもその後ずっと、僕の目には、彼の笑った顔が焼きついたままだった。

彼の笑った顔は、とても優しくて、そして本当にハンサムだった。

思い出すたびに、僕の動悸《どうき》を、なぜか早くしてしまうほど。


「……クローゼットっていうか……ほとんどショールームって感じ」

僕は、ファイルと商品を見比べながら呟いた。

メゾンのデザイナー室のクローゼットなんて、返品された商品やいらない小物がごちゃごちゃに詰め込んである、どっちかっていうと、単なる物置部屋？ ってイメージで。

だから、塔谷室長に商品整理をしろって言われたときは、ちょっと落ち込んじゃったけど。

「……彼が僕をここに入れたのは、これが『セージ・オカモト』の商品を知るのに、一番てっとり早いやり方だからだな、きっと……」

ハンガーラックが何列も並んだ広い部屋。できあがったばかりの商品が、ブランド別に、きっちりとかけられている。塔谷室長が持ってきてくれた何冊もの分厚いファイルには、それらのデザイン画と仕様書が、商品と同じ順番で整理されている。

商品整理、じゃなくて、デザイン画を見ながら、商品の出来上がりを確認する作業って言うか。

「……すごい。この、完璧な作り……」

僕は、一着のスーツを点検《てんけん》しながら呟く。隅にあったボディーに着せかけてみたそれは、最高級の生地で作られた、ものすごく着やすそうな、そして本当にいい作りをしていた。そして……、

「……これって……『リヒト』のデザイン……だよね……」

デザイン画のサイン欄《らん》には、格好いい字体で、「R」の一文字だけ。

だけど、僕には解る。この完璧なバランス、大胆な発想、そしてどこかセクシーな……。

僕は、デザイン画を見つめて、一人で赤くなってしまう。

「……初日から『リヒト』のデザイン画が見られるなんて。なんてラッキー……なんだろう！」

それは、ファッションデザイン画というよりは、すでに美術品だった。

迷いのない筆致《ひっち》、深い色合い、こんなデザイン画を渡されたら、縫製の職人さんだって、どうしたって完璧なものを作らなきゃ、って思うだろう。

「……やっぱり、『リヒト』はすごい……」

……そのうちに、彼が日本に来ることだってあるよね。もしかして次のショーの時……？

胸が熱くなって、なんだか泣いてしまいそうになる。

……『リヒト』に会ってみたい……。

……ああ、僕、どうしたんだろう……？

Rihito 5

初めて間近で見た夏希は、本当に美しかった。

デスクに座り、デザイン画のチェックをするフリで、俺は夏希の姿を思い出す。

まるで白磁《はくじ》のように白く滑《なめ》らかな肌。さらりと柔らかそうな、艶のある栗色の髪。

恥ずかしげに血の気を上らせた桜色の頬、思わずキスをしたくなるような美しい耳たぶ。

細い肩、すんなりした首筋が、目眩がするほど色っぽかった。

初めて聞けた彼の声。それはとても甘く、俺の心を揺らした。

黒ブチの眼鏡の向こうから、救いを求めるような潤んだ目で見つめられて、俺は気が遠くなりそうになった。

抱きしめたい、という獰猛《どうもう》な欲望をかきたてるような、華奢でしなやかな身体つき。

気力を総動員しなければ、あやうく抱きしめてしまうところだった。

……夏希……。

「……おはよう、諸君！」

デザイナー室のドアが開いて、聖二が入って来る。

デザイナーの面々が、緊張しているのが解る。聖二は人当たりはいいが、仕事においては俺以上に厳しい。さっき俺が見つけた不良品のシャツ。あんなものを先に聖二に見つけられていたら、大変な騒ぎになっていただろう。

「今朝から出勤の夏希くんは、もう来ているかな？」

聖二は、機嫌のいい時にだけ見せる、輝くような笑みを浮かべて言う。

永井女史が、ふといぶかしげな表情になって、

「山口さんですか？　彼なら、クローゼットの中で商品整理をしていますが？」

俺がお姫様を隠したというのに、あっさり白状してしまう。聖二が俺の脇を通りながら、

「……慌てて隠してもムダだ。彼を借りるよ」

囁いて、クローゼットのドアを開けて、

「やあ、夏希くん。元気にしていた？」

戸惑っている夏希を連れ出し、デザイナー室から去る。これ見よがしに背中にまわされた手が、俺の神経を逆撫でする。

……畜生、俺が、気力を総動員して、触れないようにしているというのに……！

夏希の持つ、独特のオーラ。

それはフワリとあたたかく、一緒にいる人間を包み込んでしまう。

そして、自分はどうなってもいい、彼を守ってやりたい、と思わせてしまう。

それを証拠に、いつも冷静なデザイナー室の面々が、妙にギクシャクしている。

「……オレ、話しかけられちゃったよ……」

デイヴィッドが呟く。怒っているとしか思えない顔だが、これは彼が照れている時の癖《くせ》だ。

「チクショウ、いいなあ。オレが隣のデスクならよかったぜえ」

ヒサシが、仏頂顔のままで、悔しそうに言っている。

「クローゼットの中で『セージの服は素晴らしい』って叫んでいたわねえ」

椎名女史が、いつもは仮面のごとき無表情な顔に、今は微《わず》かに血の気を上らせている。

「彼についての詳しい説明がありませんが、いったいどういう人なんでしょうか？」

永井女史の冷静な声に目を上げると、四人の視線は俺に集中している。

「経歴が知りたいなら、山口くんに直接聞けばいいだろう？」

「直接聞けないこともあります。例えば……」

永井女史は、無表情を保ったまま、

「……もしかしたら、彼はゲイで、社長のお相手をするためにこの部署に来たのか、とか」

俺や聖二がゲイだということは、この部署のメンバーの間では、公然のことになっている。

今の時代、それほど珍しい嗜好でもない。一つの個性として、彼らは普段は黙認しているが。

「君たちは、山口くんのプライベートな嗜好まで詮索《せんさく》したいのか？」

「そうではありません。彼がここに雇《やと》われた経緯を知りたいのです。彼が実力でなく、そういう基準だけで選ばれたのだとしたら、私たちは一緒に仕事をすることはできないと思います」

他の三人もうなずいている。きっと全員、引っ掛かっていたのだろう。

「夏希くん、めちゃちゃくちゃ綺麗だったよなあ。男でも思わずクラッときそうな……」

デイヴィッドが言う。俺は、

「もし彼がゲイだったとしたら、君は彼と一緒に仕事をすることはできない？」

「もちろん、違います。ただ……岡元社長、夏希くんの肩抱いてたし……」

まだ何か言いたそうな顔をしている。

「白状すれば、彼をスカウトしようと社長に提案したのは、この俺だ」

四人が、驚いたように小さく息をのむ。

「彼の作品を見つけ、その才能に圧倒された。このデザイナー室に相応《ふさわ》しい人材だと確信した」

彼ら四人の顔が、目に見えて引き締まる。俺は、自分にも言い聞かせるつもりで、

「人を見かけで判断しないほうがいい。山口夏希は……俺たちの強力なライバルだよ」

デザイナー室のメンバーたちのビリビリするような威圧感に比べて、社長はすごくきさくな人だった。僕を連れて会社のビル内を色々案内してくれた。でも、廊下ですれちがう社員が深々と頭を下げるところを見ると……仕事になったら本当は厳しいんだろうな。

このビルの一階と二階は店舗。三階から十階までがオフィス。

僕がすごくラッキー、と思ったのは、最上階の十階に仮眠室とシャワールームがあること。それだけ仕事がハードってことなんだろうけど、これから夏にかけての暑い時期、シャワーが使えるのは、自転車通勤の僕にはなにより嬉しい。

……使用は自由だっていうから、毎朝使っちゃおうかな?

八階には社長室と役員室があって、九階がおしゃれな造りの社員用レストラン。

シャワールームのある十階には、天井が高くて広い広いホールがあって、塔谷室長が言ってたアトリエ・コレクションっていうのも、ここで開かれるらしい。

「コレクション用の〆切が近いんだ。デザイナー室の雰囲気も、カリカリしていただろう?」

社長がホールを見せてくれながら言う。

「いえ……なんか僕、皆さんの邪魔になっちゃったみたいで……アトリエ・コレクションっていうから、デザイナー室のアトリエかどこかでやるのかと思ったら、ずいぶん大がかりなんですね」

天井の高いホールは、ショーが開けそうなほどじゅうぶんに広かった。

大きなガラス張りの天井は、グラビアで見たことのあるパリ・コレの会場、ル・カルーゼル・デュ・ルーヴルみたいなイメージ。

「一週間後にアトリエ・コレクション用のデザイン画の〆切がある。君にも参加してもらうよ」

「はい! がんばります!」

岡元社長はホールからのドアを押し開けて、僕を通してくれながら、

「デザイナー室に戻る前に、社長室でお茶に付き合ってくれないか?」

「……あ、でも、初日からサボったりしたら……」

「いいよ。初日くらいサボっても」

見下ろしてきた彼の顔は、いたずらをする少年みたいな笑みを浮かべてる。

岡元社長っていい人だな。けっこう好きかも。

八階にある『セージ・オカモト』の社長室は、広々とした眺《なが》めのいい部屋だった。

ものすごく高そうなペルシャ絨毯と、艶のある大きなマホガニーのデスク、黒革のソファ。

真面目な顔をした秘書の女性が、ソファにかしこまった僕の前にコーヒーを置いてくれる。

「あ、すみません。いただきます」

僕が頭を下げると、無表情なまま会釈《えしゃく》して、足音も立てずに部屋から去る。

……僕ってこの会社で歓迎されてないような感じがするのは、気のせいだろうか……？

「夏希くん、うちの人事部が提示した給料に、不満はない？」

「とんでもないです。あんなに高いお給料をもらえるなんて、信じられないくらいです！」

ここの給料は、前の会社と比べると二倍以上の額だった。彼の視線が、僕の身体をたどって、

「夏希君、スーツは何着持っている？」

「二着です。これと、あとリクルートっぽいのが一着と……あの、給料が入ったら買います」

前の会社の社長の商品だけど……生地も良くないし、型がくずれてるのを見抜かれたかな。

「社員割引の仕方を教えてもらってくれ。それまでは、Tシャツにジーンズで構わないよ」

よくないスーツを着るくらいなら、スーツなんて着ない方がマシ、ということか……。

「夏希くん。君、デザインの仕事は好き？」

社長はタバコに火をつけながら、面接みたいなさりげない聞き方で僕に質問する。

「はい。好きです。僕にはこれしかないと思っています」

「紳士服は好き?」

「はい」

社長は洒落た仕草でタバコを吸い、その煙をゆっくりと吐き出すと、

「そう……じゃ、男の身体は好き?」

いつも扱ってる紳士服用のボディーのことしか頭に浮かばなかった僕は、迷わず、

「はい。好きです」

「それは、君は男が好きってこと?」

紳士服のターゲットである男の人を嫌いなんて言ってちゃ、仕事にならない。僕はきっぱりと、

「はい。僕、男の人が好きなんです」

「そうか、それはよかった。……君とは趣味が合いそうだ」

言ってタバコを灰皿に押しつけ、彼が立ち上がる。慌てて立ち上がった僕に、彼がまっすぐに歩み寄ってくる。彼が腕を伸ばし、僕をふいに抱き寄せた。首筋に、あたたかい息。

僕は、わけが解らないながらも、思わず後ずさって彼の腕から逃れ、

「……ええと! 僕、そろそろデザイナー室に帰らないとっ!」

社長は、そのハンサムな顔に、なぜだかフシギな笑みを浮かべて僕を見つめると、

「……君のことを、ますます気に入ったよ」

Rihito 5

終業時間の五時を過ぎた。俺はクローゼットの扉を開き、

「山口くん」

クローゼットの中で商品整理をしていた夏希は、目を輝かせて俺を振り向く。

「はいっ！　僕に何かお手伝いできること……」

「今夜は、もう帰っていいよ」

言うと、落胆した顔でがっくりと肩を落とす。まったく表情が開けっぴろげな子だ。

きっと何かを手伝いたかったのだろうが、今夜は遅くまで店舗用の商品の手直しだ。

手伝えることはないし、初日で気疲れしたであろう彼を、残業につき合わせる気もない。

それに一番心配なのが、聖二に連れ去られること。さっさと避難《ひなん》させないと危ない。

「……お先に失礼します……」

荷物を抱えた夏希は、しょんぼりとしながら、ドアのところで丁寧に頭を下げている。

お疲れ様でした、とデザイナー室のメンバーが無表情に答え、夏希はそっとドアを閉める。

「山口くん」

俺は、彼を追って、エレベーターホールに出る。

「デザイナー室は、スーツ着用のきまりはない。ジーンズがよければ、それで構わないんだよ」

言うと、彼は少し傷ついたような顔で笑いながら、

「社長もそう言ってくださいました。給料が出ていいスーツが買えるまでは、ジーンズで来ます」

小さな声で言って、ちょうど着いた無人のエレベーターに乗り込む。

俺は、追いかけていきたいのを必死で抑えつつ、

「明日からは君も忙しくなる。覚悟しておいてくれ」

その言葉を聞いた途端、夏希の顔が別人のように明るくなった。

「はい！　頑張ります！　よろしくお願いします！」

綺麗な歯を見せて、子供のように嬉しそうな顔で笑う。

「〆切前なので、メンバーは八時半にはもう出社している。それくらいの時間に来られるかな？」

オレが言うと、彼は大きくうなずいて、

「もちろんです！　お先に失礼します！」

笑顔の残像を俺の目に残したまま、エレベーターのドアが閉まった。

◆◇◆

夏希を帰してからほんの数分後に、案《あん》の定《じょう》、聖二がお姫様をさらいにやってきた。

「夏希くんは、まだいる?」

第一声から、彼の名前を言う聖二に、

「夏希くん、夏希くんと言うな。デザイナー室のメンバーは、彼がおまえのお稚児《ちご》さんにされているんじゃないかと心配している」

聖二は笑いながら、ボディーの前で作業をしているメンバーのほうを見て、

「残念ながら、まだ手は出せていないよ。それに念のために言っておくが、彼はルックスだけで『セージ・オカモト』のデザイナーになったわけじゃない」

何者をも怖れない永井女史が、遠くのほうから無表情に、

「室長からお聞きして、誤解《ごかい》はとけました。もし彼がゲイだからという理由だけでここに雇われたのでしたら、今まで苦労してきた私たちの立場がない、と思ってお聞きしただけです」

「この会社は、そんなに甘いところではないよ。だけど永井さん、もしこれから私と夏希くんがお互いに好きになって、恋人として付き合いだしたとしたら、どうする?」

聖二が言い、デザイナー室に、沈黙が流れる。だが、それはほんの一瞬のことだった。

永井女史が、少しも動じていない声で、

「プライベートで、どなたとどなたがお付き合いしていようが、私たちには関係ありません」

聖二が面白そうに笑うと、

「よく言った。ここのメンバーは、なかなか人間ができているな」

言いながら、俺のデスクの隣にある自分用のデスクにデザイン画の束をバサっと置いて、

「コレクションの準備と社長業で忙しくて、デザインする暇《ひま》もない。雑事を私に押し付けてデザインに没頭している、誰かさんを恨みたいよ」

「……その職権を乱用して、夏希を連れ歩いていたくせに」

他のメンバーに聞こえないように呟くと、聖二も声を殺して、

「……そのおかげで、彼からいいことを聞いてしまった」

好奇心に負けて横目で見ると、聖二は手を差し出し、ニヤリと笑う。

俺は観念して、デスクの引き出しから外国タバコの箱を出す。なかなか手に入らないのに加えて値段も安くない。まだ三本しか喫《す》っていなかったのに。

箱ごと受け取った聖二は、これみよがしに一本取り出して火をつけると、さりげない声で呟く。

「夏希は、男も、男の身体も大好きだ、と私に言った。彼はゲイだ。勝負が面白くなってきたな」

Natsuki 6

はりきって自転車を飛ばしてきた僕は、七時にはもう会社に着いていた。

朝だというのに強い陽差しが照りつけてたから、Tシャツの背中が汗でビッショリ。

……でも大丈夫。着替えも持って来たし……、
僕はうきうきしながらエレベーターに乗り込む。

……僕の新しい会社には、シャワールームがあるんだもんね……！

エレベーターを十階で降り、まだ誰もいないホールを通り抜ける。

男性用のシャワールームのドアを開けると、中は洒落た内装の広い脱衣《だつい》スペースになっていて、鏡の前にアメニティーグッズとドライヤーが備《そな》え付けてある。会員制のスポーツジムみたいだ。

誰もいないかと思ったら、脱衣籠の一つにトレーニングウエアとタオルが畳まれている。

そのそばのフックに、スーツカバーがかけてある。

……朝のジョギングをしてきて、シャワーの後でスーツに着替えようとしてるんだな。

会社の施設をちゃっかり利用している同志がいるなんて、何だか親しみを感じてしまう。

僕はデイパックから携帯用のボディーソープとシャンプーを取り出す。汗をかいた服を脱ぎ捨てて、眼鏡を外す。腰にタオルを巻いて、シャワールームへの曇《くも》りガラスのドアを開ける。

「おはようございまーす」

言いながら湯気の中に踏み込んでいく。中は真っ白に統一された広さのあるシャワールームで、天井には大きな天窓《てんまど》がある。そこからは青い空が見えて、明るい朝の陽差しが差しこんでいる。

一番隅のシャワーを浴びながら、たくましい後ろ姿を見せていた先客は、僕の声に振り向いて、そのまま驚いたように動きを止める。

「おはよう……や……山口くん……？」

眼鏡ナシのぼやけた視界の向こうで僕を見つめてる、びしょ濡れでもハンサムなこの顔は……、

「塔谷室長！　おはようございます！」

僕は陽差しを反射してまぶしく光っているタイルの床を横切り、シャワーの棚にシャンプーとボディーソープを置く。塔谷室長の隣に並んだ僕は、ちょっと赤くなる。

……すごく格好いい。それに比べて僕は、ナマッ白《ちろ》くて貧弱で、恥ずかしいな……。

そんなこと比べてもしょうがないか、と僕は思い直して、

「塔谷室長は、朝、ジョギングなさってるんですか？」

見上げると、彼は夢から覚めた人のようにまばたきをして、

「ああ、この近辺を少しだけだが。……君も？」

「僕はサイクリング……なんて、本当はただ貧乏だから自転車通勤で……って！　あちっ！」

調整もせずにコックをひねった僕は、シャワーから降り注いできた熱いお湯に悲鳴を上げた。

「夏希！」

動転していた僕は、名前で呼ばれたことにも気づいていなかった。

いきなりお湯の雨の中から引きずり出され、びっくりしてタイルに座りこんでいるところに、顔と身体に冷水のシャワーをかけられる。

「ひや！　冷たい！」

「冷たい、じゃない！　やけどは？」

僕の前にひざまずいてシャワーヘッドを握った彼の顔は、本気で心配してくれていた。

僕のあごに手をかけて仰向《あおむ》かせると、頬を指でたどってやけどをしていないことを確かめる。

「見たところ大丈夫そうだが……痛くない？」

覗き込んで来るハンサムな彼の顔に、僕の動悸は早くなる。なぜか目をそらしてしまいながら、

「……大丈夫です。全然なんともないです……」

シャワーヘッドがタイルに置かれる音がしたと思ったら、僕の身体はふいに引き寄せられた。

天窓に向かって噴き上がったシャワーの水。それは朝の陽差しを反射してキラキラと光りながら、僕たちの上に降り注いだ。

その中で彼の裸の胸に抱きしめられ、僕の頭の中は真っ白になってしまう。

「……おどかさないでくれ……心臓が止まるかと思ったよ……」

耳元に吹き込まれた彼の囁きに、僕の身体を何かが駆け抜ける。……これは、何？

だけど彼はすぐに僕の身体を放して、シャワーヘッドを拾い上げて水を止める。僕が飛び出した時のまま、お湯を噴き出しているシャワーに手を入れて、

「山口くん、全然熱くないが？　熱いお湯が苦手？　子供みたいだなあ」

笑いながら言われて、僕は真っ赤になりながら、

「……僕、熱いお湯が、超、苦手なんです……」

言って立ち上がり、照れ隠しに慌ててシャンプーをする。けど……、

「……あっ、目に入っちゃった……！」

目を擦る僕の手を、彼の手がそっと掴む。

「擦ったらダメだ。本当に子供みたいだな、君は」

僕の顔に、シャワーのお湯をかけて泡を洗い流してくれる。

「大丈夫？　もう痛くない？」

「……は、はい……もう大丈夫です……」

彼の前で格好悪いところばっかり見せちゃった僕は、恥ずかしくて真っ赤だ。

慌てて目を開けようとした僕の瞼《まぶた》に、彼の手が、そっと覆《おお》い被《かぶ》さって、

「このまま洗ってあげるから。目を閉じたままでいて」

僕がきゅっと目を閉じると、彼は僕の顔を上げさせて、丁寧に髪にお湯をかけてくれる。

「……まだ目を開けないで」

温かいお湯が、僕の頬を伝う。

彼の声は、仕事中の厳しいそれと同じものとは思えないほど、優しい。

僕の頬を撫でるその手つきは、熟練した仕立て職人のそれみたい。

なんだか、ものすごくドキドキしてる。

……ああ、どうしたんだろう、僕……？

「……目を開けて」

お湯が止まり、彼の囁くような声がする。

そっと目を開けると、彼はすごく真剣に僕を見つめていた。

それからなぜか苦しげな顔をして、ふと僕から目をそらす。シャワーをフックに戻し、

「……のぼせてしまったようだ。先にあがるよ」

◆◇◆

脱衣室に入って行くと、塔谷室長は腰にタオルを巻き、鏡の前に立ってドライヤーで髪を乾かしていた。僕は眼鏡をかけてから、タオルで身体を拭いてそれを腰に巻く。もう一枚のタオルで髪を拭きながら彼の隣に並んだ僕は、思わずため息をついてしまう。

「どうしたの？　のぼせた？」

ドライヤーを止めて、少し心配そうに聞いてきた彼を見上げて、

「そうじゃなくて。塔谷室長って、本当に見事なモデルサイズですね。……ちょっと失礼」

指を広げ、彼の身体に触れてサイズを計る。肩幅、腕の長さ、胸の厚み。

「やっぱり。前の会社でモデルサイズの紳士服を作ってたんです。自分じゃ着られないのに」

僕は、彼の胸の滑らかな筋肉に触れたまま、もう一度ため息をついて、

「なのにどうして紳士服のデザインなんかしているのかな？　多分、逞しい男の人に憧れてるんです。あなたみたいに生まれたかったな……あ、すみません、触ったりして」

「……人をうらやむ必要はない。君は、とても綺麗だよ」

少し呆然としたように、彼が言う。僕は……なぜだか、また真っ赤になっちゃうんだよね。

◆◇◆

『セージ・オカモト』の、来年春夏物のコレクションの日程は、大まかに言ってこんな感じだ。

五月の始めに、アトリエ・コレクションに先駆けたプレ・コレクション。前の会社の社長、田中さんがパーティーに出席していたのは、このコレクションだ。

来月、六月の半ばに、プレスと顧客《こきゃく》向けのアトリエ・コレクション。

七月の終わりに、パリ・メンズコレクションとパリ・オートクチュール・コレクション。

九月の終わりに八日間のミラノ・コレクション。

十月のアタマに、九日間のパリ・プレタポルテ・コレクション。

十月のこれが、俗に言う『パリ・コレ』ってやつだ。

『セージ・オカモト』にとって、これが一番メインのコレクションになる。

今、僕が追われているのは、六月のアトリエ・コレクション用のデザイン画。明日が〆切だ。

……がんばれば、このコレクションに、僕の作品が……？

思ってしまってから、ちょっと赤くなる。

……僕ったら、まだ入ったばかりの新入りのくせに……！

でも、『セージ・オカモト』では、岡元社長と塔谷室長、それにあの『リヒト』のもの以外の作品でも、コレクションに出してもらえる可能性があるらしい。『リヒト』は言うまでもないし、それにあの若さでこれだけのメゾンを築《きず》いた、岡元社長と塔谷室長の実力だって、ものすごいはず。この三人に対抗できるくらいの作品ができたら、の話だから、そうとう難しいだろうけど。

……塔谷室長……。

彼の名前を思うだけで、なぜだか心臓がトクンと高鳴る。

……そういえば……。

僕の頬が、また、かあっと熱くなる。

……一緒にシャワー浴びちゃったんだよね……。

思い出すだけで、ドキドキして、心臓がこのまま壊れてしまいそう。

「……うわ、しかも僕、はずみとはいえ、抱きしめられちゃった……」

彼の、見とれるほどハンサムな顔、男らしくて美しい身体。厳しいけど、たまにすごく優しくなる目、そして低くて、ものすごくセクシーな……あの声。

僕の身体を、ズキン、と電流みたいなものが走り抜ける。

「……ああっ、どうしたんだろう？　……いけない、いけない！　仕事しなきゃっ！」

僕は両手で自分の頬を挟んでペチペチ叩いて、気合いを入れる。

「……だけど……うう……ん……」

僕がいるのは、裏原宿。自分のアパートの部屋。

会社から帰ってきたままの格好で、ダイニングの椅子に座って、もう何時間も頭を抱えてる。

コレクション用のデザインは、担当ブランドと関係なく全ブランドのデザインラフを描くことになっていた。その中からいいものをピックアップしていくらしい。

だから『セージ・オカモト』担当の僕も、男性用スーツだけじゃなくて、『セージ・スポーツ』用のカジュアルなラインと、『セージ・ファム』用の婦人服も描かなきゃならない。

提出するのは百型ずつ、三百型。いいデザインなら七月の『パリ・メンズ&オートクチュール・コレクション』に採用される場合もあるから、みんな、合計で五百型は描くらしい。

「前の会社じゃ、レディスよりもメンズが多かったからなあ。カジュアルなものはほとんどなかったし。学生時代はけっこう描いたのに、なんだかもう、描き方忘れてる。五百型はきついよお」

婦人服も、カジュアルな感じの服も、服飾専門学校の学生だった頃にはたくさんデザインしていたんだけど。

「……そういえば、卒業製作で賞を取れたのだって、婦人服……マリエだったのに……」

マリエ、っていうのはウェディングドレスのこと。

パリコレなんかの大きなコレクションでも、だいたいショーのフィナーレに来るのがマリエ。

女性が一生の内で一番ドレスアップするのって、やっぱりウェディングだろうし、だからこそデザイナーの個性を思い切って出せる題材。

だから僕は卒業制作でマリエを作った。ハリのあるクリーム色のシルクでできた、クラシカルなシェイプのドレス。シルクシフォンで作った薔薇《バラ》の花びらみたいな飾りが後ろ姿を飾っていて、刺繍《ししゅう》を施したトレーンがヴァージンロードに丸味を帯びて広がる。

僕の力作のマリエは、その年の卒業制作賞を取り、卒業者名簿に僕と作品の写真が載った。

「……でも、過ぎし日の夢、って感じだよなあ……」

毎年、卒業制作賞を取った生徒には、パリ本校へ留学するための奨学金が出る。

教授も、両親も、すごく喜んで、留学に賛成してくれて。僕の胸は希望にふくらんでいて。

その頃の僕は、自分の未来がとても輝いているように思っていた。

だけど、卒業式の日、両親が自動車事故で亡くなって。

兄弟もなく、親戚とも疎遠《そえん》だった僕は一人きりになって。

両親との思い出の詰まっている、広いウォーク・イン・クローゼットのあるあの家。

僕は留学を取りやめたけど、つらくて、とてもそこには住んでいられなかった。

親戚の人たちに後のことを任せ、僕は、お父さんとお母さんと僕の三人で盛装して撮った、最後の写真だけを持って、ずっと暮らしていた家を出た。

……今の僕に残ったのは……なんだろう？

僕は、自分の心の中を探ってみる。

あの時、冷たく凍りついてしまったと思った僕の心。

だけど今は、その中に、宝石みたいに煌《きら》めいているものがある。

それは、美しいものを作ることに対する情熱、服を愛する気持ち。

そして……。

僕は、会社のクローゼットの中で見た、『リヒト』のデザイン画、そして彼の作品を思い出す。

……『リヒト』みたいになりたい……。

胸が痛くなる。

……『リヒト』みたいなデザイナーになりたい……。

彼のことを思うだけで、全てをあきらめ、冷たく凍っていた僕の心に、小さな火が灯る。

……『リヒト』に、認められるような作品を作りたい……。

僕の脳裏を、ふいに塔谷室長のハンサムな顔がよぎった。なぜだか頬が熱くなる。

「まさか、新人の僕の作品がすぐにコレクションに出してもらえるわけがないけど……せめて、塔谷室長に認めてもらえるように、がんばらなくちゃ！」

僕は呟いて、デザイン画にとりかかる。

◆◇◆

「夏希！　まだ起きてるの？」

「お肌に悪いよ！　そろそろ寝なきゃだめだよ！」

窓の方から声がして、僕はハッと目を上げた。時計を見ると、もう夜中の三時近い。

またもやベランダから侵入してきたクリスとアンディに、

「二人はどうしてまだ起きてるの？　明日、学校は？」

言うと、二人は揃って肩をすくめ、なんだか元気のない声で、

「……サボる。だって今夜は残念会だもん」

「……そう。僕たち、例の契約料二千万円の面接、落ちちゃったんだよ」

言いながらダイニングに来て、僕の足元の床に座り込む。

「それって、あの、CMの面接？　……うそ……」

……彼らなら、ぜったいに受かると思ったのに……。

なんだかしょんぼりしてしまいながら、僕はキッチンに行き、冷蔵庫からシャンパンの瓶を取り出す。グラスと一緒にトレイに乗せてダイニングに戻り、彼らと向かい合って床に座る。

「……ええと、なんて言っていいのかわからないけど……気を落とさないで……」

二人は、なんだか珍しく神妙な顔で下を向いていて、僕は心配になってしまう。瓶の口からラップを剥がし、グラスにシャンパンを注いで、それを二人の前に置いてあげながら、

「……そんなにがっかりしないで……元気出して。みんなで乾杯しよ？　ね？」

二人はうつむいたままで何も言わない。よく見ると、二人の肩が微かに震えてる。

……うそ！　泣いてる……？

僕は驚き、グラスを倒さないように気をつけながら、二人のそばに移動する。

「……泣かないで。君たちの王子様はぜったいいるから。ね？　元気出して……」

言うと、二人が顔を上げないままで、僕に抱きついてくる。クリスが微かな声で、

「夏希、慰《なぐさ》めてくれる？」

……そうだよね、オトナっぽく見えても、この二人はやっぱり年下だもんね……。

「もちろん慰めてあげるよ！　だって僕の方が年上だし！」

僕は、彼らの肩をぎゅっと抱き返しながら言う。

……ご両親とも離れてて寂しいんだろうな。それに面接にも落ちちゃって、きっと……。

僕にぎゅうっと抱きついてきていたアンディが、

「じゃあ、キス、していい？」

……えっ……？

顔を上げた二人は、ぜんぜん落ち込んでない……どころかめちゃくちゃ楽しそうに笑いながら、

「なーんて。本当はぜんぜんがっかりしてないんだけどー！」

「だってCMで共演しなきゃならない俳優が、僕たちより十センチも小さかったんだ。しかも、僕たちと並んだらますますオヤジっぽく見えちゃって、本人ムッとしちゃって。あれじゃ受かるわけない。ちゃんと募集要項に『ルックスがイマイチのモデルを求む』って書けってば！」

二人は口々に言って、それから僕に顔を近づけて、

「慰めてくれる？　キス、していい？」

……ああっ、騙《だま》されたっ……！

「キスはもちろんだめっ！　もう！」

僕は二人を押しのけて、

「僕を心配させた罰《ばつ》に、シャンパン、おあずけ！」

言うと、二人はお預けをされた犬みたいな格好で、くうーん、と鳴いてみせる。

「甘えてもだめ。おあずけ！」

僕は言うけど、二人にくんくん言いながら擦り寄られて、観念して、

「もう……しかたないなあ。よし！」

「やったっ！」

二人は言ってグラスを持ち上げ、面白がって犬みたいにぺちゃぺちゃ舐《な》める。

……まったく、こんなハンサムなのに、まだ子供なんだからっ……！

僕は思いながら、つい笑ってしまう。二人はなんだか優しい目でこっちを見て、

「やっと笑ってくれた」

「うん、なんか夏希、疲れてそうだったんだもん」

……うっ、もしかして逆に心配されちゃってた……？

……僕もまだ、いばれるほどオトナじゃないのかなあ……？

「ねえ、そういえば、夏希が言ってたすごいハンサムな上司……塔谷室長？　その後どう？」

「その後、なにかあった？　まさかへんなコトされてないよね？」

彼の名前が出るだけで、僕はドキンとしてしまう。

「夏希は彼のことが好きなのっ？」

「白状しなさい！　どうなの？」

二人に身を乗り出されて、僕は赤くなりながら、

「そ、そういうんじゃないよ！　彼は厳しいけど、優しくて、尊敬できそうな人だなって……」

言うと、双子はため息をついて、

「なんか、ノロケられてるみたいな気がするー」

「うん、そんな感じだなあ」

「ちっ、違うってばっ！　僕は……」

双子は、同じタイミングで右手を上げ、人さし指を立てて、チッチッチ、と振って見せて、

「あぶないよ、そういう憧れから恋が芽生《めば》えるんだよなあー！」

「そうそう、夏希が彼の話をする時の、うっとりした目、ほんのり染まった頬。どう見たって、恋に堕《お》ちた乙女だよ」

「えっ？　顔なんか赤くないよっ！」

僕が慌てて両手で頬を押さえると、二人は、

「夏希、可愛すぎー！　イチから教育しちゃいたいなあー！」

「うんうん、たまんないよね。……ねえ、僕たちが、手取り足取り教えてあげようか？」

言いながら、ズイズイッと迫ってこられて、僕は慌てて逃げようとしながら、

「こらっ！　年下のくせにっ！　またそうやって……わっ！」

二人同時に襲いかかられて、僕は逃げる間もなく床の上に押し倒される。

「わーんっ！　離してってばっ！　眼鏡がっ！」

二人は、解ってます、という顔で、僕から眼鏡を取り上げる。

そして笑いながら僕を抱きしめ、僕の頬に両側から唇をつけて、何度もキスをする。

「うわっ、くすぐったいってばあっ！　やめっ！」

怒らなきゃ、と思いつつ、あまりのくすぐったさに、僕は笑ってしまう。

「夏希の髪って、いい香りー。くらくらするー」

「うん。肌はすべすべ。舐めると甘いよ」

二人は調子に乗って、僕の首筋をぺろぺろ舐め上げ、ふざけてちゅっと吸い上げたりする。

「やっ、やめてっ、あははっ！　舐めないで！　二人とも犬みたい！」

抱きつくようにしてじゃれてくる二人は、本当に人なつっこい犬状態。二人は笑いながら、

「そう。僕らは血統書《けっとうしょ》付きの、綺麗な金色の毛並みの、夏希の番犬だよー」

「そう。それで、夏希を悪いオオカミから守るんだよ！」

……オオカミ……？

その言葉に、なぜかふっと塔谷室長を思い出してしまう。

彼のハンサムな顔、美しいスタイル、少しすがめるようにして僕を見る、あの深い色の瞳。

……すごく紳士的で、すごく優しくて、でもすごく獰猛で、ものすごくセクシー……。

……彼はまるで、美しい、優雅な、肉食の獣だ……。

思うだけで、なぜだろう？　僕の鼓動は……速くなってしまうんだよね。

Rihito 6

「……アトリエ・コレクション用のデザイン画だ」

社長室に入った俺は、手に持った紙の束《たば》を上げてみせる。聖二がソファに移動して来ながら、

「どうだ？　今回のレベルは？」

俺は、自分で確かめてくれ、という意味で肩をすくめ、ソファに座る。

聖二も含めて、デザイナーは七人。全員の描いたデザイン画で山を築き、その中からいい作品を選んでいく。

公平を期《き》し、よいデザインだけをピックアップするために、俺たちはいつもこうやってコレクション用のデザインを選んでいた。

ただ、ほとんどが俺と聖二のものに収まってしまうのが……まだまだデザイナーの教育不足か。

……しかし、今回は。

「……これは、誰のデザインだ？」

聖二が、手の中のデザイン画を見つめて言う。

「……いいな。すごい。いったい……」

デザイン用紙を裏返し、裏にあるサインの欄を見て、

「……Natsuki　Yamaguchi……夏希か……」

少しかすれた声で言う。俺はうなずいて、

「俺も、そのデザインはいいと思っていた。最終選考に残そう」

「……理人」

呼ばれて顔を上げると、聖二は珍しく真面目な顔をしていた。

夏希のデザイン画を見つめて、

「おまえは、本当にとんでもない宝石の原石を見つけてきたのかもしれないな。……しかも、恐ろしいほどに高価な」

俺がうなずくと、聖二はため息をついて、

「私は、現代の新進《しんしん》デザイナーの中では自分は最高だと思ってきた。誰にも負けたことがない。ただ一人の例外はおまえだったが……」

もう一度デザイン画に目を落とし、それを最終選考のラフの山に乗せて、

「……もう一人、例外を加えなければならないかもしれないな」

◆◇◆

「ミーティングだ。……アトリエ・コレクションに出す商品が決定した」

デザイナー室に入りながら言うと、緊張した面持《おも》ちで座っていたメンバーが一斉《いっせい》に立ち上がる。

部屋の隅にあるミーティングテーブルに、全員がつくのを待って、

「今回のアトリエ・コレクションに出す作品は、『セージ・オカモト』が三十型、『セージ・ファム』が二十型、『セージ・スポーツ』が十型だ」

言うと、椎名女史がため息をついて、

「その型数じゃ、選ばれるのは難しいわあ。また岡元社長と塔谷室長と永井さんだけかしら?」

「……前回、俺も含めたあとの三人、玉砕《ぎょくさい》だったんだよ」

デイヴィッドが、隣に座った夏希に小声で説明している。夏希はうなずいて、

「……狭き門なんですね。……じゃあ僕なんか全然だめですね、きっと」

苦笑して、悲しげな顔になる。デイヴィッドが、

「いやいや、あきらめるのはまだ早い！」

緊張した声で言う。俺は、デザイン画をテーブルに置き、

「これが最終選考に残ったデザインだ」

「一型でもいい！　入ってくれますように！」

ヒサシが祈る真似をしている。俺はデザイン画をデザイナー別により分け、

「まず、永井さん、五型。椎名さん、三型。いずれも『セージ・ファム』用だ」

俺はデザイン画を作者の元に返し、

「ヒサシ、一型、デイヴィッド、一型。いずれも『セージ・スポーツ』だ」

「専門外のブランドはやっぱり難しいよなあ。でもいいや、一型でもありがたい！」

言いながら、デイヴィッドが、自分のデザイン画を拝む真似をする。俺は、

「岡元聖二社長が十三型、俺が十七型。いずれも三ブランドとも」

「さすが、社長と室長！　……あれ？」

ヒサシが言って、ふととても心配そうな顔になり、

「ええと…夏希のデザインは……？」

「山口くん、十型。『セージ・オカモト』六型、『セージ・ファム』二型、『セージ・スポーツ』を二型だ」

デイヴィッドのデザイン画を見せてもらっていた夏希が、自分に視線が集っているのに気づき、

「……はい？　あ、すみませんっ……ええと……？」

「君のデザインは、十型採用だ。とても忙しくなるから、覚悟してくれよ」

デザイン画の束を差し出すと、夏希は呆然とした顔で受け取り、

「……えっ、ええっ？」

驚きのあまり、泣きそうな顔になっている。デイヴィッドが、

「すごいぜ、夏希！　……見せろ見せろ！」

メンバーたちが立ち上がり、夏希を取り囲む。夏希は、信じられない、という顔のまま、手の中のデザイン画をめくる。メンバーは、彼の肩越しにデザイン画を覗き込む。

夏希は緊張と興奮の入りまじったような顔で頬を染め、一枚一枚、デザインを確認する。

デザイナー室は沈黙に包まれ、夏希が紙をめくる音だけが響く。

「……と、これ、で終わりです……」

夏希が、最後の一枚をテーブルに置く。デザイナー室が一瞬、しん、と静まり、

「……すごいわ……」

最初に声を出したのは、永井女史だった。

「……とんでもないライバルが、デザイナー室に入って来ちゃったわねえ……」

デザイナー室のメンバーが夏希を見る目には、賞賛《しょうさん》の色が浮かんでいた。

夏希は、デザイナー室のメンバーとして、認められたようだ。

◆◇◆

アトリエ・コレクションの採用デザインが発表されてから、三週間が過ぎた。

完成したコレクション用の商品が無事に届き。そのコーディネートも一段落した、休憩時間。

……夏希は、本当にゲイなのだろうか……？

自分のデスクでタバコを吸いながら、俺は呆然と考えていた。

夏希が入社したばかりの頃、聖二が同じことを言った時、俺は本気にしなかった。

ファッション業界にはゲイがとても多いと世間では思われているようだが、それは正しくない。

ゲイと名乗ることを個性と勘違いして、ただのファッションで、「自分はゲイだ」とカミングアウトしているヤツなら、いくらでもいるが。

デザイナー室のメンバーが、抵抗なく俺と聖二のカミングアウトを受け入れたのは、多分そういう人間と一緒にしているからだろう。

本当に男が好きだとは、思われていないに違いない。

だが、俺は男しか愛せない。そして俺が今、本気になってしまったのは……、

「塔谷室長！　どうですか？　こういうコーディネート！」

ヒサシの楽しげな声に、俺は顔を上げる。

目の前には、ヒサシとデイヴィッドに挟まれて……夏希が立っていた。

「……僕には、こんなにいい服、もったいないです……」

『セージ・スポーツ』の新作を着せられた夏希が、真っ赤になっている。

『セージ・スポーツ』は、若者向けのブランドなので、華奢な夏希の体型にも合わせられる。

コットン・ブロードの襟の高い真っ白なシャツ。黒のパンツは、ウエストが絞られ、腰回りにわずかにゆるみをもたせて足先に向けて細くなる、乗馬パンツのようなデザイン。

夏希は自分のルックスにとことん自信がないようだが、彼は、綺麗に張った肩と、まっすぐに伸びた背筋、それにすらりとしなやかな手足を持っていて……とても美しい。

シャワールームで一目見ただけで、俺に目眩を憶えさせたほど。

英国貴族の子息のようなデザインの服が、彼の上品な雰囲気によく合っている。

絞られたウエスト部分が、抱き寄せたくなるような夏希の細腰を強調して……とても色っぽい。

「夏希くん、可愛いんだから、野暮ったい紺のリクルートスーツなんか、ぜったい着ちゃダメ！」

いつも冷徹《れいてつ》な椎名女史が、珍しく興奮したように言う。夏希にジャケットを着せかけ、

「ああーん、このジャケット、お気に入りなんだけど。ちょっとパンツと型が合わないかしらあ」

永井女史が、商品のかかったハンガーを持って、クローゼットから出てくる。眉をつり上げ、

「ああー、だめだめ。なにやってるのっ」

厳しい声で言ったので、遊んでいるメンバーを叱《しか》るのかと思いきや……、

「夏希くんには細身のシルエットがいいの。それじゃイメージに合わないじゃない」

言いながら夏希に歩み寄り、黒のジャケットを脱がせると、手に持ってきたチェコールグレイのジャケットを着せかける。

襟が黒、丈が長目で腰にシェイプのあるこれも乗馬服風のデザインだ。

シャツと揃いの白いコットン・ブロードのボウタイ。それを夏希の首にふわりと巻きつけ、少し崩《くず》した形の蝶《ちょう》結びに整える。

仕上げのように、夏希の顔から黒い眼鏡を取り上げ、

「よし、オッケー。アトリエ・コレクションの後のパーティーには、これで出るのはどう？」

デザイナー室の面々がかわるがわるに夏希を覗き込み、可愛い！　だの、似合う！　だの叫ぶ。

永井女史は得意げな顔で、夏希を俺の方にくるりと方向転換《てんかん》させる。

「どうですか？　室長！」

恥ずかしげに頬を紅潮させた夏希は、本当に優雅で、洗練されて見え、そして……、

「……綺麗だ」

思わず言ってしまうと、夏希は驚いたように目を見開き、一瞬後にさらに赤くなる。

ヒサシとデイヴィッドが、口々に、

「いいなあ、室長！　『似合う』、でも、『いいコーディネートだ』でもなく……」

「……『綺麗だ』だもんね！」

デザイナー室の面々が、楽しそうに声を上げて笑う。椎名女史が、

「いいわねえ！　塔谷室長に、『綺麗だ』なんて！　私も一度でいいから言われてみたいわあ！」

「椎名さ～ん、いつも俺たちが言ってあげてるでしょ～？　『綺麗だ、綺麗だ』って～！」

デイヴィッドが言うと、椎名女史がムッとした顔で、

「そんなこと、いつ言ってくれたのよ？　それにあんたたちに言われても嬉しくないの！　やっぱり塔谷室長の低くてセクシーな声でないと！」

「なんだよ、ひでーなー。俺たちの声がセクシーじゃないって言うんですかあっ！」

メンバーに囲まれて可愛い顔で笑っている夏希を見ながら、俺は少し呆然としていた。

……デザイナー室のメンバーは、いつの間に、こんなにはしゃぐようになったのだろう？

夏希は、その不思議なオーラで、デザイナー室のメンバーの心を簡単に溶《と》かしてしまったのだ。

……やはり、夏希はこのデザイナー室に必要な人材だったのだろう。

俺は、夏希の笑顔を見ながら、やはり幸せな気分になっている自分に気づく。

……そして、俺にとっても。

◆◇◆

「塔谷室長！」

休憩《きゅうけい》時間が終わり、メンバーとスタイリストがコーディネートを始めた頃。

演出家からまわってきたショーの演出表をチェックしていた俺は、呼ばれて目を上げる。

さっきの服から着替え、ほっそりした身体を真っ白いTシャツとあせたジーンズに包んだ夏希が、目の前に立っていた。白い歯を覗かせて笑った顔は、少年のように無垢《むく》に見える。

毎朝の日課になっている、二人だけのシャワー。今朝も見てしまった彼の上気した肌と、その美しい笑顔が重なって、俺は、目眩がしそうになる。

「僕の分のコーディネートは終わりました。スタイリストさんが、室長のデザインのコーディネートに入りたいそうです」

俺はあわてて目をそらして、立ち上がると、

「それはまだクローゼットの中だ。運ぶから、手伝ってくれ」

「……塔谷室長」

クローゼットに入り、ドアを閉めながら夏希が言う。恥ずかしそうな小声で、

「……そういえば、今朝は、すみませんでした。タイルで滑っちゃって」

俺は、今朝のことを思い出して、ため息をつく。

おはようございます！　と嬉しそうにシャワールームに入ってきた夏希は、タイルの上を走り、眼鏡がなくてよく見えないせいか石鹸《せっけん》箱につまづき、そのまま見事に滑《すべ》ったのだ。

「驚いたよ。心臓が止まるかと思った。君が頭をぶつけなくてよかった。俺が慌てて抱き留めたからよかったものの……」

言いかけて、俺は言葉を切る。

夏希に触れないように、彼の裸を見ないように、と俺はいつもできるだけ気をつけていた。しかし今朝抱き留めた時、俺は本当に、もう少しのところで彼に襲いかかりそうだった。

そんなことは夢にも思っていないであろう夏希は、綺麗に澄んだ瞳で俺の顔を見つめ、

「塔谷室長って、すごく優しいんですね。あなたみたいな人の部下になれて、嬉しいです」

信頼しきったような笑顔を見せられて、俺の心を、つらいなにかが走った。

……ああ、そんな顔をしないでくれ……。

……俺は、裸の君を押し倒して、このまま奪ってしまいたい、と思った男なんだよ？

「それに僕……」

夏希は、ファイルを見ながら、コレクションに出す服を移動式のハンガーにかけていく。

「……この会社に入れて、本当に幸せなんです。だって……」

彼は、ハンガーに掛かっていた一着のスーツの前で立ち止まる。

「……『リヒト』のデザインした服、それにデザイン画……を直に見ることができるんですから」

「……え?」

俺が聞き返すと、彼は恥ずかしげに白い頬に血の気を上らせて、

「僕、昔から『リヒト』の大ファンで。彼の服は、完璧で、優雅で、でも野性的で、セクシーで。僕、彼のデザインした服を見るだけで、どうしようもないほどドキドキするんです。彼のデザイン画を直に見ることなんて、夢のまた夢だと思ってた。でも……」

夏希は、高価な宝石にでも触れるような手つきで、そのスーツの生地をそっと撫でる。

「……彼のデザイン画、それに彼のデザインした商品を、こんなに間近に見ることができたんです。ものすごく嬉しい。……あの!」

彼は、まるで恋の告白でもするように、切羽詰《せっぱ》まった目をして、

「コレクションの時とかに、『リヒト』が来日することはあるんでしょうか?」

「……え?」

「別に図々《ずうずう》しくお話しようとか、そんなんじゃないんです! ただ、一度でいいから遠くから拝見《はいけん》してみたいなって……」

夏希は熱っぽい口調で言う。俺は、呆然としたまま思う。

……そうか。彼も、『リヒト』が、外国人だという業界の噂を信じているんだな。

「そんなに『リヒト』が好き？　同じデザイナーとしては少し妬《や》けるな」

「あっ！」

夏希はとても驚いたように声を上げ、赤くなって、

「すっ、すみませんっ！　室長の前で、ほかのデザイナーさんの話ばかりするなんて、失礼ですよね！　あの、きっと室長の作品もとてもステキだろうと思います！　どれが室長のデザインなのかは……まだよくわからないのですけど……」

夏希はクローゼットの中を見回し、それからハッとしたように、

「そういえば、このデザインファイルの中に、あなたのデザイン画だけ、ありませんよね？　あとのメンバーのものは、全員分ありました、岡元社長のものも含めて。でも……」

「俺のデザイン画は、ちゃんとそこにファイリングされているよ」

俺が言うと、彼は慌ただしくページをめくり、

「えっ？　ありません！　どうしたんでしょう？　どこか別のファイルに紛れちゃったんでしょうか？　もしかして、僕がどこかに落としちゃったとかっ？　大変っ！　どうしようっ？」

彼の慌てぶりに、俺は少し可哀想《かわいそう》になる。手を伸ばしてページを示して、

「俺のデザイン画は、そこから、ここまで。あと、これもだな。サインの欄に『R』の文字があるのが、俺のデザインだよ。憶えておいてくれ」

「……え……？」

夏希はページを見つめ、それからゆっくりと顔を上げて、

「……だけど、この『R』のサインがあるのって、『リヒト』のデザインですよね……？」

「『リヒト』と言われているのは、俺だ。マスコミがうるさいから、顔もプロフィールも公開していないけれど」

「……えっ……？」

「俺のフルネームを言わなかったかな？　塔谷理人。生粋《きっすい》の日本人だ」

夏希は、驚いた子鹿のように目を見開いて俺の顔を見つめ、それからいきなり、

「えええええーっ？」

叫んでから、仕事中だったことを思い出したように、慌てて手で口を覆い、

「あっ、あなたがっ、『リヒト』なんですかっ？　だって、さっき妬けるって……！」

「『リヒト』の名前は一人歩きをしている。可愛い新人も、『リヒト』の話ばかりするし」

「……あっ！」

夏希は、さっき自分が何を言っていたのか思い出したのか、かあっと赤くなり、

「……僕ったら！　ご本人の前で……！　すみません！　失礼なこと言っちゃって……！」

俺は、思わず笑ってしまいながら、

「いや、熱烈なラヴコールを聞けて、嬉しかったよ」

言うと、夏希は泣きそうに目を潤ませて、

「す、すみません……でも……うう……」

「どうした？　憧れていた『リヒト』が、怖い上司と同一人物だったんで、がっかりした？」

言うと、彼は勢いよくかぶりを振って、

「違いますっ！　がっかりなんか、するわけがないじゃないですかっ！」

それから、またかあっと赤くなって俺を見つめる。そして甘い甘い声で、

「……あなたに会えて、すごく嬉しいです……」

俺の身体を、目眩がするほど激しい欲望が貫いた。

……ああ、今すぐ、ここで、奪ってしまいたい……！

Natsuki 7

……今日中に、このスーツのデザイン画を仕上げなきゃ……。

みんながもう帰ってしまった後のデザイナー室。僕は、夕食も忘れてデザイン画を描いていた。

コレクションの準備は進んでるけど、僕らの仕事はそれだけじゃない。

提出したデザイン画は、コレクション用のもの。通常、お店で売るための商品のデザインも、きっちり描かなきゃいけない。今僕が持ってる仕事は、スーツを五型、そしてYシャツが三型。

がんばらなきゃ、と思うけど、もう肩はガチガチだし、目は疲れてシパシパする。僕は、眼鏡を外す。

僕は椅子の背に身体を預け、高い天井を仰いで、ため息をつく。

……疲れたあ……。

前の会社じゃ、デザインをする時間より様々な雑事をこなす方が忙しかった。

……こーんなに集中してラフやデザイン画を一気に描いたの、久しぶりかも……。

思いながら、目を閉じる。頭の中を、たくさんのデザインがよぎる。

……なんだか、どれもこれも、今ひとつみたいな気がしてきちゃった……！

僕の初仕事は、男性向けのスーツとYシャツだった。

プレタポルテのスーツは、モデルサイズだけじゃなくて、サイズ展開ができている。

実は、今、僕が着ているのが……初仕事でデザインしたスーツ、そしてYシャツ。

僕は肩とか腰とかが貧弱《ひんじゃく》だから、一番小さいサイズでも、ちょっと直さなきゃだめだった。

でも、さすが『セージ・オカモト』の縫製職人さんは上手で、直しを入れても、僕のイメージしたものと寸分違《すんぶんたが》わない形で戻ってきた。

これを初めて着て出社した日。塔谷室長は、僕を見つめて、また『綺麗だ』って言ってくれて。

『素晴らしい出来だよ』とも言ってくれて。

僕は、胸が熱くなって泣いてしまいそうになったのを憶えてる。

だから、今やってるスーツの仕事も、がんばらなきゃ、って思ってるんだけど……、

……なかなか進まない。これが僕の実力で、まだまだ修行不足ってことかなあ……？

……ああ、僕に、塔谷室長みたいな、ものすごい才能があればなあ……。

「そうやって一人で考え込んでいても、なかなか先へは進まないだろう？」

後ろから聞こえたその本人、塔谷室長の声に、僕は慌てて振り向く。

彼の怜悧《れいり》な美貌は、いつものように無表情。僕はちょっと落ち込みながら、

……まだラフ段階なのにこんなに悩んだりして、バカみたい、って思われちゃったかな？

……それに、ここで遅くまで残ってたら、オフィスが閉められなくて迷惑かもっ！

「そっ、そろそろ帰りますっ！　もうここ閉めますよね？」

僕は眼鏡をかけ直し、デスクの上のラフスケッチを急いでかき集めながら、

「あとは家でやりますっ！　ここで考え込んでたらお邪魔ですよねっ！　すみませんっ！」

「……そういう意味ではないよ」

静かな声。背後から近づいてくる彼の足音。振り向くと、彼はまっすぐ僕の方に向かってくる。

緊張に硬直した僕のすぐそばに立ち、デスクの上のラフスケッチにチラリと目をやって、

「仕事のことについて、少し話があるんだが」

「あっ、はいっ！　待ってください、今すぐ……」

言いながらラフスケッチの束を掴んだ僕の手に、彼の指が触れてくる。

「ここではなくて、場所を変えないか？」

「あっ、はいっ、ミーティングテーブルに行きますか？」

彼は僕から視線をそらし、彼らしくもなくちょっと歯切れの悪い口調で、

「ええと……お腹《なか》が空《す》いていない？　もう十時だ。食事は？」

「まだですけど……もしかして塔谷室長もお食事まだですか？　鍵《かぎ》を締《し》めなきゃいけなかったですか？　こんな時間までお待たせしちゃったんでしょうか？　すみません！」

「いや、会議があったから残っていただけで、別に待っていたわけではないんだが……」

彼はまた、なんとなく語尾を濁《にご》してから、急に何か覚悟を決めたような厳しい声で、

「山口くん。……食事につきあってくれ」

彼の堅い口調とその言葉の内容のギャップに一瞬とまどう。僕は呆然としたまま、

「……食事……ですか？　僕なんかでよろしければ、ご一緒させていただきますが……」

「それなら、すぐに行こう」

彼は荷物を持って部屋を横切り、ドアのところで僕を振り向いて待っている。

僕は、慌ててかき集めたラフスケッチをデザインケースに詰め込み、鞄《かばん》と一緒に持つ。

「準備はできた？」

ドアのところ、照明のスイッチに指をかけながら、彼が言う。

「は、はいっ！」

僕は荷物を抱え込み、ドアまで走る。僕がドアにたどりつく一瞬前、部屋の明かりが消えた。

いきなりの闇に驚いて、僕は思わずそばにあった回転椅子の脚につまづいてしまう。

転びかけた僕の身体を、逞しい腕がしっかりと抱き留めた。

僕は、今の自分の状況が信じられずに、そのまま動けなくなってしまう。

早くお礼を言わなきゃ、と思うけど、あまりの驚きに声が出ない。緊張して身体が動かない。

「……悪かった。俺が急に暗くしたから」

耳元に響く、塔谷室長の低い声。

……ああ、この人って本当に美声……。

僕は彼の胸に、荷物ごと抱きしめられたまま、呆然と思っていた。

上等のスーツに包まれたその身体。布地越しの逞しい筋肉、彼の体温。

「……大丈夫？　どこか痛くしていない？」

彼の逞しい肩のあたりに、頬が押しつけられている。

オトナっぽい、芳しい彼のコロンの香りが鼻をかすめて、ますます鼓動が速くなっていく。

「……は……はい……だいじょうぶ、です……」

やっと出した声が、なんだか甘えるみたいにかすれてしまっていて、僕は一人で慌てる。

……なんて声出してるんだよ、夏希……！

「す、すみません。ありがとうございました、あの……もう大丈夫です……」

見上げると、彼は少し慌てたように僕から手を離し、

「それならよかった。……行こう」

◆◇◆

彼の車は、すごく綺麗なモスグリーンのジャガーだった。

シートはすごくいい革が張られた、特注っぽいもの。僕は指先で触りながら、

「……いい革ですね。すごく原価が高いでしょうね」

思わず言ってしまって、彼に笑われてしまう。

……うう、また笑われちゃった……。

……なんだか彼の前にいると、いつにも増してマヌケなことばっかりしちゃうかも……。

僕は一人で赤くなりながら、思う。

密閉《みっぺい》された車内には、彼のコロンの香りが漂《ただよ》っている。爽《さわ》やかで、でもすごくセクシーな。

僕は、さっき感じた彼の腕の感触を思い出してしまう。

思っただけで、身体にズキンと電流が流れる。僕は、ますます赤くなりながら思う。

……初めてのデートに行く、女の子じゃないんだから……！

でも、隣にいる彼を意識するだけで、なんだかこのまま熔けてしまいそう。

……ああ、僕、いったいどうしたんだろう……？

◆
◇
◆

彼が連れてきてくれたのは、西麻布《にしあざぶ》にあるお店だった。

重々しい感じの樫材のドア。

白い漆喰《しっくい》の壁に金色のプレートが埋め込んであるけど……店名もなにも彫《ほ》っていない。

……知らない人が来たら、ぜったいレストランだなんてわからないよね……。

彼は慣れた仕草でドアを開け、それを押さえて僕を先に入れてくれる。

僕は一歩入り……そのまま呆然としてしまう。

まるで貴族のお屋敷に紛《まぎ》れ込んだみたいな、重厚なインテリア。凝《こ》った作りのクリスタルのシャンデリアが、天井から下げられている。

エントランスは一段高いところにあり、店内を見下ろせるようになっている。

広い店内には、ゆったりとした距離を置いてテーブルが置かれている。

きちんと盛装した、いかにもお金持ちそうな男女でテーブルは埋まり、ギャルソンたちが優雅な動きでゆっくりとテーブルの間を動き回る。

静かなヴァイオリンの曲に、人々の静かに話す声と、食器の触れ合う音が混ざっている。

「……綺麗なお店……」

僕は思わず言ってしまう。

「……こんなお店が、東京にあったんですね。グルメガイドブックでも見たことがないです」

「ほかの人からの紹介があって、初めて場所を教えてもらえる店だ。本には載らないんだよ」

彼は言って、僕の背中にそっと手を回し、階段を下りる。

静かに近づいてきたマネージャーらしき人が、塔谷室長を見て慇懃《いんぎん》に頭を下げる。

「お待ちしておりました、塔谷さま。……こちらへ」

僕らが通されたのは、ほかの席とは完全に隔離《かくり》された個室だった。

布張りの壁、アンティークのテーブル、そして凝った彫刻の施《ほどこ》された暖炉《だんろ》。

金色の額に入れられた油絵《あぶらえ》や、美しいガラスの花器は……きっとすごく高価なものだろう。

注文を取ったギャルソンが出て行ってしまうと、僕らは全くの二人だけになる。

彼と向かい合わせに座った僕は、なぜだかすごくアガってしまい、

「ぼ、僕、あんまり豪華なお店に来たことがないから緊張します！」

思わずマヌケなことを言ってしまう。彼は笑って、

「もっと気楽な店の方がよかったかな？」

「いえっ、そんなっ！　すっごく嬉しいです！　まるで……」

僕の脳裏《のうり》に、前の会社からいつも見つめていた、隣のビルの様子が浮かぶ。

うらやましいな、って憧れていたような世界。そこに紛れ込んじゃったみたいな……。

しかも、僕の前に座っているのは……、

「まるで……夢みたいです。こんな美しい場所に、しかもずっと憧れていた『リヒト』と向かい合って座ってるんですから……」

「そう言ってもらえるのは嬉しいが……きっと君はそのうちがっかりすると思うよ。『せっかく憧れていたのに、一緒に仕事をしてみたらこんなに怖いやつだったなんて！』ってね」

「がっかりなんてしません！　僕、あなたが『リヒト』だってわかって、すごく嬉しいんです！　だって憧れてた人が、こんなに優しくてハンサムでセクシーで！　……ああっ……！」

僕は思わずムキになって叫び、それから赤くなって、

「……本人に向かって、何を言ってるんでしょう。夢みたいなコトが多すぎて、僕……」

彼は楽しそうに笑い、それから、少し真面目な声になって、

「これからますます忙しくなる。君は、新しい経験をたくさんしなければならない」

彼の言葉に、僕は身が引き締まる思いがする。

僕は、がんばらなくちゃ、と思いながら、

「……はい。覚悟してます。よろしくお願いします」

◆◇◆

そのお店のメニューは、ヌーベル・シノワと呼ばれる、フランス料理とチャイニーズの融合《ゆうごう》したような、すごくお洒落なものだった。

綺麗なお皿に、美味しそうな料理が、まるで芸術的な絵みたいに美しく盛りつけられている。

食材は、フカヒレとか、車エビ、中国野菜なんかのヘルシーなもの。苦みや香りはほとんどないけれど、薬膳《やくぜん》料理っぽい要素もあるんだろう。

連日の徹夜《てつや》で弱っている僕の身体に、すっと染み込んでくるような。

「……美味しいです。なんか元気が出るみたい」

言うと、彼はなんだかすごく優しい顔で僕を見つめ、

「……よかった。ここのところ、君は忙しかっただろう？　少し疲れているように見えたから」

そのセクシーな声に、僕は思わず赤くなってしまう。

……僕のこと、気にかけてくれてたんだ……。

なんだかすごく嬉しい。

……よかった。こんなに優しい人の部下になれて……。

すごく美味だった食事が終わり。

彼の前にはブラックコーヒー、僕の前にはすごく綺麗な赤紫色のラズベリーのソルベが盛られたクリスタルのグラスと、紅茶が置かれている。

「パリでのメンズ&オートクチュール・コレクションでデザインを担当するデザイナーは、パリの縫製アトリエに行って、一度はそこを見学してもらうことになっているんだ」

コーヒーをゆっくりと飲みながら、彼が言う。

「……パリの縫製アトリエですかあ」

僕は、ソルベを綺麗なシルバーのスプーンですくいながら、憧れのため息をつく。

テレビのファッション番組で見た、『セージ・オカモト』の縫製アトリエの様子を思い出す。

そこでは、お針子さん、なんて感じの女の子たちじゃなくて、いかにもベテラン！　って感じの老齢の職人さんたちが働いていた。

もちろん、前の会社にいる時、僕が縫製を頼んでいたアトリエだって仕事にプライドを持っている子たちばかりだったし、一生懸命仕事をこなしてくれていた。

だけど、本場パリのアトリエ、そして代々続いてきた伝統を受け継いでいる職人さんの技は、一度でいいから目の前で見てみたい。

「いいですね、本場のアトリエ……僕もデザイナーになったからには一度は見てみたいです」

僕が憧れのため息をつくと、彼はなぜかあっさりうなずいて、

「ああ。パスポートは？　有効期限は大丈夫？」

「……え？」

「期限が切れているなら、急いで更新してくれ。アトリエ・コレクションの次の週に出発する」

「……は？　出発？」

僕はソルベの乗ったスプーンを構《かま》えたまま、彼の顔を見返す。

「……ええと、いったいどこへ……」

「パリにある縫製アトリエだ。担当デザイナーは見学に行くことになる、と言っただろう？」

「ええええっ？」

思わず大声を出してしまってから、僕は慌てて口を押さえる。

……せっかく、塔谷室長にこんなにお洒落な店に連れてきてもらったのに。大声を出したりして、僕ってば……！

……いや、そんなことより……！

「ええと、だけど縫製アトリエに行くのって、コレクションの担当デザイナーだって、今……」

僕が恐る恐る言うと、彼はあっさりうなずき、足元に置いていたデザインバックを持ち上げる。

「パリでのオートクチュール・コレクション。君にも数点担当してもらうことになった」

……うそ……！

僕は、彼の言葉が信じられずに、呆然と固まってしまう。

……『セージ・オカモト』のオートクチュール・コレクションに、僕の作品が……？

デザインバックからラフデザインを取り出してテーブルに広げた彼が、ふと目を上げ、

「ソルベが」

言って、いきなり立ち上がる。

「……え？」

僕は彼の視線を追い、自分がスプーンを持ったままだったことに気づく。

深紅《しんく》のソルベは、スプーンを滑り降り、僕の指から、手のひらをゆっくりと伝っていた。そのまま袖口に流れ込もうとしていて……、
彼がいきなり僕の手を掴む。

そのまま、僕の手首に唇を押し当てる。

……え……？

硬直した僕の手首を、彼が強く吸い上げた。

「……あっ……！」

僕の肌をつたう、鮮やかな紅色。

長いまつげを伏せ、それに唇を当てた彼は、まるで、とてつもなくセクシーで、獰猛な、美しい吸血鬼のようで……、
僕の身体を、ズクン！　と強い電流が流れた。

「……と、塔谷室長……！」

声がかすれる。

彼は、僕の手首を離さないまま、唇を僕の手のひらに滑らせる。

……ああ……っ！

僕の身体に、電流が走った。

思わず甘い声を上げてしまいそうになり、慌てて唇を噛む。

だって、彼の唇が肌を滑る感触は……とてつもなくセクシーで。

信じられないけど、僕は、まるで愛撫される女の子のように……感じてしまったんだ。

「こんな色のソルベがついたら、袖口に染みがついてしまう」

彼の声に、僕はやっと我に返る。

……染みが……？

彼は、なんだかすごく優しい目で僕を見つめ、

「このシャツは、せっかくの、君の力作なのに」

その声に、僕の身体がまた痺《しび》れてしまう。

……ああ、僕、どうしちゃったんだよ……？

……こんな高級なレストランで、こんなふうになっちゃうなんて……！

彼は、テーブルの上にあった、シルバーのフィンガーボウルを引き寄せる。

僕の手を水に入れ、ソルベでベタベタした僕の指を、そっと洗ってくれる。

「ここのラズベリーのソルベは、とても美味しい。次は俺もそれを頼むよ」

「……あっ……」

水の中で、僕の手のひらを滑る、彼の指。僕の身体は、さらに熱くなってしまう。

「……ふ、ふざけてたんですね？　僕が慌てるから。僕が、こんなに……」

感じてしまっているのに、と言いそうになって、慌てて、

「いえ、ぼ、僕の手首で、ソルベを味見したんですねっ？」

「君の手首でソルベを味見した、というよりは、ソルベを舐めるふりをして君の手首を味見した、と言った方が正しい」

その言葉のなんだかセクシーな響きに、僕の身体がとくんと熱を持った。

……うわ……！

……こんなセクシーな美声でそんなことを言われちゃったら、男の僕だってドキドキしちゃうってば……！

僕は真っ赤になりながら目を上げる。

きっと彼は笑っているだろうと思った……んだけど。

彼は笑っていなかった。それどころか、なんだかすごく苦しげな目をしていた。

「……塔谷室長……？」

言うと、彼はたじろいだように僕から目をそらし、ため息をついて、

「失礼。へんなことを言ってしまった」

「……へ、へんなこと、じゃないですけど……ええと……」

……謝られたら、ますますドキドキしちゃう……。

彼は、布ナプキンで僕の手をそっと拭《ぬぐ》ってくれながら、

「……夏希」

いきなり呼び捨てにされて、心臓がズキンと跳《は》ね上がった。

彼は深い色の瞳で、まっすぐに僕を見つめている。

……ああ、こんなハンサムな人に、こんな至近《しきん》距離から見つめられたら……！

……ドキドキのあまり、失神しちゃいそう……！

「……とても聞きづらいことを、聞いてもいいかな？」

なんだかすごく言いにくそうな彼の口調に、僕の甘い気持ちが、さっと醒《さ》めていく。

……な、なんだろう……？

僕は青ざめながら思った。

……もしかして、やっぱり会社を辞める気はないか？　とか言われちゃう……？

思っただけで泣いてしまいそうになる。

「……あ……な、なんですか……？」

「とても聞きづらいことなんだ。今でないと、聞けないかもしれない」

「……は、はい、どうぞ……なんでも……」

僕は、緊張にかすれた声で呟いた。

……本当は、聞かないで逃げてしまいたいけど……。

「イヤだったら答えなくていい。……聖二に……なにかされた？」

あまりに思いがけない質問に、僕は呆気にとられる。

慌てて見上げると、彼は、端整な顔になんだかものすごく真剣な表情を浮かべていて、

「聖二は、君を呼び出してばかりだ。デザイナー室のメンバーは、聖二が君になにかを強要していないか心配している。もちろん、俺も」

「……え……？」

僕が聞くと、彼はなんだか言いにくそうに、

「今朝。シャワーの時。見えてしまった。ええと、君のここに……」

彼は言って、自分の首筋、シャツの襟でぎりぎり隠れるあたりを示して、

「……キスマークが」

「ええええっ？」

僕は慌てて自分の首筋を押さえる。彼はなんだかすごく苦しげな顔で、

「聖二は憎めない人間で、才能もある。が、悪い癖があって、気に入った美しい男の子のそこに、ふざけてキスマークをつける。彼から仕事をもらう立場にある子たちは、それを我慢してしまう傾向がある。人によっては自分から、という子もいないでもないが。しかし……」

……キスマーク……？

僕は、初出勤の日、社長室で抱き寄せられたことを思い出して、真っ赤になる。

……うわあ、逃げてなかったら、キスマークつけられちゃってた……？

彼は、僕をまっすぐに見つめて、

「いやならば我慢する必要はない。聖二も仕事をたてに強要しているわけではないんだ」

「……え……？」

「きちんと断っていい。俺たちは、君に『セージ・オカモト』で働けるだけのじゅうぶんな才能があると思ったから、会社に来てもらったんだ。それ以上のものを奪う気はない」

なんて説明していいのか解らず口ごもっている間に、彼はつらそうな顔になって目をそらし、

「いや、君が希望してした行為ならば、俺が口を出す問題ではないが」

「ち、ちがいます！　僕、社長になにかされたわけじゃありません。ちょっとだけ抱き寄せられそうになったけど、すぐに逃げましたし。このキスマークは、そうじゃなくて……」

僕が言うと、彼は急にハッとしたように僕を見て、

「……悪かった。恋人につけられただけ？　プライベートなことまで言う必要はないよ」

「……っていうか、これ、友達にふざけてつけられただけです！」

僕は言う。なぜか、塔谷室長に誤解されたままでいるのは、すごくいやだったんだ。

「僕、今、恋人いないですし。アパートの隣に住んでる双子の友達が遊びに来て、面白がってよく首筋にちゅうちゅうキスするんです。でも、まさかキスマークまでつけるなんて！　帰ったら、叱ってやらなきゃ！　あの二人、まったく子供なんだからっ！」

彼は、ハンサムな顔に似合わない呆然とした顔で僕を見つめてしばらく固まり、それから、

「じゃ……君は、聖二には……」

「岡元社長は、社内を案内してくださったり、デザイン資料を見せてくださったり、社長室で紅茶をごちそうしてくださったり……あっ、すみませんっ、サボッてそんなこと……するだけです」

僕は、赤くなりながら言う。彼は、なんだか心底ほっとしたようなため息をつき、

「それならいいんだ。……聖二も君を好きになりそうだと言っていたから、心配してしまった」

……聖二『が』、じゃなくて、『も』……？

彼の言葉の些細《ささい》な部分に、僕の心臓が、ズキンと敏感に反応した。

……もう一人は誰？　塔谷室長『も』、僕を好きになってくれそうってこと……？

呆然と思ってから、僕は心の中で慌てて否定する。

……そんなこと、あるわけがないじゃないか。そんな、夢みたいなこと……！

「それより。パリのアトリエに行くのは、アトリエ・コレクションが終わった次の週の水曜日からだ。二泊くらいだと思うから、予定を開けておいてくれ。……俺も同行する」

塔谷室長の言葉に、僕の心臓がまたトクンと反応する。

……塔谷室長と一緒に、パリに行ける……？

なんだか、本当に夢みたい。

……ああ、どうしてこんなにドキドキするんだろう……？

真っ白な布が、ステージの後ろ側を覆っている。

その布に、薄いブルーの洒落た字体で印刷された、『Se-ji Okamoto』の文字。

キャット・ウォークを照らすスポットライトが、点けられたり、消されたりしている。

ホールに設置された巨大なスピーカーから、チェロの曲が流れてる。

ミキサーのチェックらしく、ワンフレーズでそれは終わり、今度は軽快なフレンチ・ポップスが大音量で流れ出す。

◆
◇
◆

『セージ・オカモト』のアトリエ・コレクション。

今は、その最終リハーサルの三十分前。

海外で行われる大きなコレクションにはもっとたくさんのスタッフが集められるらしいけど、アトリエ・コレクションは、スタイリストさんもヘアメイクさんも、ぜんぜん人数が足りない。

僕らデザイナーも彼らの手伝いで、バックステージとクローゼットの間を何往復も走っていた。

「サイズ二十七センチの白のハイヒール！　ありましたっ！」

僕は言いながら、バックステージに入る。

ものすごく背が高くてすらりとしたモデルさんたちがひしめいているバックステージは、まるで綺麗な森の中みたい……なんて言ってるヒマはなくて。

僕は永井さんのところに駆け寄り、靴《くつ》が小さくちゃ歩けないわ！　と叫んでいるモデルさんに、ハイヒールを渡してあげる。

色つきのストッキングが破《やぶ》けた！　とパニックになっている椎名さんに、届いたばかりの予備のストッキングを渡す。

ヒサシくんとデイヴィッドくんのところにミネラルウォーターを差し入れ、そこにいた『セージ・スポーツ』の専属モデルさんにつかまって、可愛い、とか言ってもみくちゃにされて。

そしてやっと、僕の服のコーディネートをしてくれているスタイリストさんのところにたどり着く。その脇にいたモデルクラブのマネージャーの女性に、

「問題ないですか？　さっき言ってた男性モデルさんたち、もう到着しました？」

「それがっ！」

彼女は携帯を握りしめたまま、泣きそうな顔で、

「あの二人、まだ到着してないんです！　パリでヴァレンティノのショーがあって、会場から直接空港に行って、飛行機に乗ったはずなんですけど……」

言いかけた時、彼女の電話が鳴った。彼女は電話に出てフランス語でしばらく話してから、

「霧《きり》で飛行機が遅れて、まだ機上らしいわ。本番にも間に合わない。どうしましょう？」

慌てたように言われたその言葉に、僕は青ざめる。

男性モデルにも、『スーパー』がつくほどの売れっ子さんはもちろんいる。

僕のスーツのシリーズ、一番メインになる二着を着てくれるのも、その二人だったんだ。

……どうしよう……？

女性モデルに比べて、今回は男性モデルの数が少ない。もともとぎりぎりだったのに。

あの二人が着るはずだった服は、僕のデザインのものも含めて合計でたしか十四着あったはず。

今からほかの男性モデルにさらに割り当てて、というのは……きっと、無理だ。

……モデルが見つからなかったら、とんでもないことになる……！

僕がパニックになりそうになった時、バックステージのドアが開いて、塔谷室長が入ってきた。

彼がいるだけで、バックステージには気持ちのいい緊張感がみなぎる。

彼は駆け寄って挨拶をするモデルさんたちにクールな顔で言葉を返し、それから周りを見渡して、僕の方をきっちり向いてくれる。

「……塔谷室長……！」

ステージから聞こえる大音量の音楽せいで、あんな遠くからじゃ僕の声なんか聞こえないはずなのに、彼は助けを求める声が聞こえたかのように、まっすぐこっちに歩いて来てくれる。

「山口くん。どうした？　なにか、問題でも？」

彼の声に、僕は泣いてしまいそうになる。僕が口を開く前に、モデルクラブの人が早口で事情を説明してくれる。塔谷室長は、軽くうなずいただけで表情を変えずに、

「モデル・クラブからほかのモデルを呼び寄せたとしたら……何時までに着ける？」

マネージャーさんは泣きそうになりながら、何本か電話をかけ、

「この身長のモデルがつかまりません！　本番まであと一時間ですよね？」

モデルは、二人とも身長が百八十六センチだった。百九十センチ近い身長でお直しナシの塔谷室長に比べたら小さいし、裾《すそ》には少し直しが入ったけど……ほとんどモデルサイズのまま。

日本に多いグラビア・モデルは、小柄で、身長は百八十センチを切ることも多い。

「モデルさんがつかまっても、応急処置で五、六センチも直したら、シルエットが崩れて……！」

パニックになりそうな僕の頬に、塔谷室長のあたたかい手が触れてくる。

「大丈夫。落ち着いて。ショーではよくあることだ。デザイナーがパニックになってどうする？」

僕を覗き込んで言う。彼の声は、落ち着いていて、すごく頼りになる感じで。

「とりあえずモデルに連絡を取って。進行スタッフにモデルの順番を調整してもらうしかない」

やっと落ち着いた僕は、ふとあることを思い出して、声を上げる。

「……あ……！」

僕は塔谷室長の顔を見上げて、

「僕、モデルの友達がいます！　身長はちょうど百八十五くらい！　無名ですが、服のイメージにはぴったりで、僕の服を着慣れてくれてます！」

「……え？」

驚いたような顔をする塔谷室長に、僕は、

「もし『セージ・オカモト』のイメージに合わなかったら、もちろん使わなくてもいいです！　でも、まずは……彼らに会ってみてくれませんか？」

◆◇◆

「うわー、我ながら格好いーい！　夏希のスーツはやっぱりいいねー！」

僕のスーツを着たクリスが、鏡の前で言う。ヘアメイクさんに髪を直されていたアンディが、

「当然だ。僕たちの夏希の服だよ？」

僕が電話をした時、幸運にも彼らは部屋にいた。ちょうど学校に行くために部屋を出るところ、と言った彼らに、僕は慌てて事情を話した。彼らは喜々《きき》として学校をサボり、自転車をとばして来てくれて、電話の十分後にはもうこのビルの前に現れた。

学校に行く時のままの格好、Tシャツとジーパン姿の彼らを、僕は慌ててショーの会場に引っ張って行った。そして二人を、岡元社長と塔谷室長に会わせたんだ。

二人がちゃんとウォーキングする姿を初めて見た僕は、彼らが、王子様を待てばいいんだよ、と堂々と言う意味がよく解った。彼らのウォーキングは……本当に美しくて完璧だったんだ。

塔谷室長はすぐオッケーを出し、岡元社長はなんだか考え深げに黙ったまま二人を見比べた。

アンディが、言っておきますが3Pはダメですよ、と言い、岡元社長は爆笑した。

それからにっこり笑って、「気に入ったよ、今日一日よろしく」と言ったんだ。

ステージの方から、大音響のフレンチ・ポップスが流れ出した。

ショーの最初は、『セージ・スポーツ』。ヒサシくんとデイヴィッドくんが緊張した面もちでステージの方を覗いて、舞台監督《かんとく》からスタートの指示が出るのを待っている。

「……よし、オッケー！　お願いします！」

ヒサシくんが言って、最初のモデルがバックステージから出る。キャット・ウォークを歩き出したモデルを、プレスの人たちが焚《た》くフラッシュが、稲光《いなびかり》のように光って照らし出す。

「うわあー。格好いいー。やっぱ大きいメゾンのショーは違うねー」

「これだけの人数が僕らに見とれるのか。ちょっといい感じ」

クリスとアンディがステージを覗き、アガる様子もなく笑い合っている。

僕は、ステージをゆっくり覗くヒマもなく、スタイリストさんがモデルさんに着付けてくれた僕の作品をチェックしていた。リハーサルの後、直したものもある。きちんとモデルさんにフィットしてるかどうか調べ、さらに針と糸で微調整をしたりする。

ステージへの出口の脇に立った塔谷室長が、一流のクチュリエの仕草で、ステージに出る直前のモデルの肩や襟を直す。彼の指が触れた服たちは、まるで魔法がかけられたように優雅になる。リハーサルの前には、はしゃいだり、ワガママを言ったりと忙しかったモデルさんたちが、一気に緊張感のある、美しいプロの顔になってキャット・ウォークに踏み出していく。

……すごい……これが、コレクションっていうものなんだ……。

忙しく動き回りながらも、僕はなんだか感動してしまっていた。

……夢みたい。僕、今、『セージ・オカモト』のコレクションに参加してるんだ……。

「すんごーい、もう、フラッシュが眩しすぎて、キャット・ウォークから落ちるかと思ったよお」

ステージから戻ってきたクリスが、興奮したように言う。アンディが、うなずいて、

「目がまだチカチカ！　気がついた？　夏希の作品の時は、フラッシュがひときわすごいよ！」

二人は、スタイリストさんが渡してくれた次の服に着替えながら、片目をつぶって、

「明日の業界新聞、それから来月のファッション雑誌！　楽しみだね！」

「うん、夏希の作品の写真が、ばっちり載りまくってること間違いなしだよ！」

「そ、そんなことないと思うけど……」

言いながらも、僕はなんだかすごく嬉しかった。自分の作品の時だけフラッシュが全然光らなかったらどうしよう、って思って、実は昨夜は眠れなかったんだ。

「夏希くん！　たいへんよ！」

ポーッとしちゃってた僕の耳に、永井さんの声。慌てて振り向くと、永井さんは、僕がデザインした『セージ・ファム』のドレスを持ったモデルさんの隣に立っている。

「ファスナーが！　夏希くんがデザインしたソワレのファスナーが、壊れちゃったの！　ぴったりしたデザインだから、上から被って着ることもできないわ！」

その言葉に、僕は本気で青ざめる。

ショーの時にはそうとう慌ただしく服を脱ぎ着するから、ファスナーが壊れることもけっこうあるって聞いた。着てからファスナーが上がらない、なんて場合は、開いてる部分をとりあえず縫い合わせたりして、間に合わせるらしい。……でも……！

「ど、どうしよう？　ファスナーを壊して、着られるようにするしかないんでしょうか？」

僕のデザインしたソワレは、サンド・ベージュのシルク・オーガンディを使ったすごくデリケートなもの。手荒に扱ったら、ファスナーどころかドレス自体が真っ二つに裂けてしまいそうな。

このソワレは、ショーの最後から二番目、フィナーレのマリエの直前に出るものだ。

だから、順番を後まわしにして、その間にファスナーを修理して、なんてことはできない。

……ああ、どうすればいいの……？

泣きそうになった僕の肩を、誰かのあたたかい手がきゅっと掴んだ。驚いて目を上げると、

「……デザイナーがパニックにならないで。落ち着いて」

クールな顔をした塔谷室長が立っていた。モデルに英語で話しかけて、ドレスを受け取ると、

「このソワレの出まで、何分くらいある？」

進行係のスタッフに聞く。スタッフは進行表を確認して、

「フィナーレ、マリエの前ですから、あと七分くらいです！」

「七分。充分だ。……大丈夫だよ」

最後の言葉は、半泣きになった僕に向けられていた。塔谷室長は、作業台の上に置いてあった道具箱から小型のハサミを取り出す。いきなりドレスにそれを当てた彼を見て、僕は息をのんだ。

……うそ！　ドレスの布地を切っちゃうの……？

彼の手の動きは、それくらい素早《すばや》かった。だけど、彼はまるで熟練した縫製職人さんのような優雅な手つきで、ファスナーを縫いつけていた糸だけを切り、ファスナーをドレスから切り離した。

呆然と見とれていたモデルに、それを着せる。

彼女の後ろにまわり、ファスナーのなくなったドレスの合わせ目を、一気に針で縫っていく。

『脱ぐ時は、俺に言ってくれ。糸を切ってあげるから。……よし、出番だよ』

英語で言って、モデルの背中をポンと叩いてやる。モデルは着心地を確かめるようにその場でくるりとターンをする。それから満足げににっこり笑い、ステージに向かって歩いて行く。

僕は、呆然としていた。

ものすごく早かった。でも僕のデザインしたソワレの微妙なラインは少しも崩れていなくて。

「……あ……ありがとうございました……どうなることかと思っちゃいました……」

「大丈夫だよ。落ち着いていれば、たいていのことはなんとかなる」

塔谷室長は、道具箱にハサミと針と糸をしまっていた。僕はその手元を見て、驚いた。

……糸が……。

彼が応急処置のために持ってきた道具箱だから、糸は白か黒、それによくよく使う原色くらいしか入っていないだろうと思っていた。……でも。

クリーム、ベージュの入ったピンク、パステルミント、グレーの入った深いローズ、などなど。彼の道具箱には、僕がデザインした微妙な色のシャツやドレスと同じ色の糸が……全色。もしかして、僕の作品に何かあったとき、すぐに処置ができるように……用意してくれてた？

偶然かもしれないけど……僕はなんだか、涙が出るほど感動してしまったんだよね。

Rihito 7

フィナーレ。拍手。ブラボーの声。そしてスタンディング・オベーション。

俺は、遠くから見た時の作品のバランスを見ておこう、と思い、バックステージから出た。

マリエを着たモデルと腕を組んだ聖二が、キャット・ウォークを歩き、観客に頭を下げる。

それを合図にしたように、モデルたちがキャット・ウォークに駆け出してくる。

「……あ……！」

俺は、あることに気づいて、思わず声を上げた。

あの金髪の双子のモデルが、夏希を両側から抱えるようにしてステージに出てきたからだ。

夏希は、とても驚いた顔で目を丸くし、逃げようとしてバタバタと暴れている。

観客もモデルも大いに受け、拍手がひときわ大きくなり、夏希はますます恥ずかしそうになる。

キャット・ウォークの前の方まで連れて来られてしまった夏希は、客席の脇《わき》から見ている俺に気づいて、助けを求めるような顔をする。

俺は、観客と一緒に拍手をしながら、お辞儀《じぎ》をして、というジェスチャーをしてみせる。

夏希は、慣れないぎくしゃくとした仕草で、しかし丁寧に頭を下げた。

完成され、装飾《そうしょく》されたドレスやスーツを着込んだモデルたちの中で、夏希だけがラフな綿のシャツと、色のあせたジーパン姿だった。

しかし、なんの飾り気もない夏希は、ピュアで、ナチュラルで、そしてとても美しかった。

夏希が、ゆっくりと顔を上げる。

スポットライトに照らされた、その高貴な顔だち。

バラ色に染まる頬。長いまつげの下の潤んだ瞳。天使のようなピンク色の唇。

夏希は、笑いながら拍手をしている聖二に、すみません、と口を動かして頭を下げ、恥ずかしそうな顔で逃げるようにしてキャット・ウォークを走り去る。

俺のそばにいたカメラマンが、あの子、デザイナー？　めちゃくちゃ綺麗な子だなあ、と感嘆《かんたん》したように呟いているのが聞こえる。

夏希の作品は、称賛に値《あたい》するものだった。多分、来月発刊のファッション誌には、夏希の作品の写真が何点も載ることになるだろう。……しかし。

スポットライトの中で天使のように輝いて見えた夏希を思い出し、俺はため息をつく。

……夏希は、大衆の面前に出すには、美しすぎる……。

◆◇◆

ホールは、パーティー会場に早変わりしていた。

ホメ言葉をまくしたてる批評家や、お祝いを言うほかのメゾンのデザイナーたちの話に適当にあいづちを打ちながら、俺は夏希のことばかりを気にしていた。

パーティーのために、デザイナー室のメンバーがコーディネートした服に着替えた夏希は、とても美しかった。顧客の女性たちや、男たちまでが、夏希の姿を目で追っていた。

人ごみの向こう、こちらに背を向けた一人の背の高い男が、夏希に話しかけている。

窓のそばに追いつめられた格好の夏希は、失礼にあたらないように、と気を使ってあいづちを打っているようだ。しかしその視線は、助けを求めるように、相手から外れてさまよっている。

「……すみません、ちょっと失礼」

俺は、『リヒト』についてしつこく聞きだそうとするファッション誌の記者をかわし、人ごみをかきわけて夏希のそばに歩み寄る。

「山口くん。片づけを手伝って欲しいんだが。……いいかな？」

言うと、困り果てた様子で目を潤ませていた夏希は、助かった、という顔でうなずく。

夏希を追いつめていた男が、ゆっくりと振り返った。

……嵩沢……！

そこに立っていたのは、嵩沢コーポレーションの社長、嵩沢正典だった。

「すみません、仕事があるので失礼します！」

夏希は嵩沢に頭を下げ、俺に向かって、

「僕、デザイナー室のクローゼットの方に戻っていますから！」

慌てたように言って、嵩沢に呼び止められないうちに、という感じで走り去る。

「本当に可愛い子ですね。たまらないなあ」

楽しそうな嵩沢の声がして、俺は眉を顰めて彼の方を振り返る。

そして俺は、彼が『セージ・オカモト』のスーツを着ていることに気づく。

それは、夏希がこの会社で初めてデザインした、あのスーツだった。

しかも、シャツやネクタイまで、夏希が選んで、店のショーウインドウにコーディネートしたもので揃えている。モデル並みの身長とスタイルを持った嵩沢は、見事にそれを着こなしている。

そこが、ますます俺の癇《かん》にさわる。

嵩沢は、その顔ににこやかな、しかし信用のできない類《たぐい》の笑みを浮かべて、

「お疲れさまです。素晴らしいショーでしたよ」

「……それはどうも」

……目を合わせていると、殴りたくなってくる……。

「……まだ仕事が残っていますので、これで。ごゆっくり」

言って踵を返した俺の背中に、

「驚きましたよ、あの子には。……山口夏希くん、ですか？」

嵩沢の口から出た夏希の名前に、俺の足が止まる。振り向くと、彼は笑みを浮かべたまま、

「あんな可愛い顔をして、恐ろしいほどの才能だ。……ますますこの会社が気に入りました」

俺が眉を顰めると、彼は、自分のスーツを見下ろして、

「このスーツも、彼の作品だそうですね。素晴らしい。私は世界中の最高級品を知っているが、こんなにも気に入ったスーツは、初めてです。……欲しいな」

「……欲しい？　なにをです？」

言った声が、怒りのあまりかすれる。嵩沢はその目をすっとすがめて、

「私が欲しいのは、この会社。でなければ……」

獰猛な本性を現すように、彼の目が光る。

「……山口夏希」

「……なに？」

「彼は最高のデザイナーです。私なら彼にプレタポルテなど作らせない。私だけのものにして、私だけのためにスーツを作らせる」

思わず拳を握りしめた俺に、嵩沢は両手を上げて見せて、

「ショーが終わったばかりで、あなたはお疲れのようだ。私はそろそろ失礼します」

踵を返そうとして、ふと振り返り、

「塔谷さん。……今日の私のネクタイはどうです？　スーツと合っていますか？」

……この男……！

「……いい趣味です。お似合いですよ」

きしるような声が出る。嵩沢は勝ち誇ったように笑い、

「よかった。あなたにそう言っていただけると、安心しますよ。あ、それから……」

彼は、暗い炎の燃えているような目で、俺の顔をまっすぐに見つめ、

「私は受けた侮辱《ぶじょく》は忘れない。そして狙った獲物は絶対にあきらめない。憶えておいてください」

言い捨てて、歩み去る。

俺は激しい怒りと共に取り残される。

Natsuki 8

「すごく楽しかったです！　ショーって素敵です！　……最後は恥ずかしかったけど……」

ショーで使った小物をブラシで払って棚《たな》に納めながら、僕は言っていた。

ここはデザイナー室にある、広いクローゼットの中。

ショーに使った服は、スタイリストさんたちがクリーニングにまわす手配をしてくれた。山のようなあの服たちがクリーニングから戻ってくる前に、小物だけでも整理しておかないと。

僕の隣には、塔谷室長。

ものすごく繊細《せんさい》な作りのブローチや、凝った刺繍のあるサッシュベルトを、一つ一つ慎重な手つきで持ち上げ、点検して、異常がないことを確かめてから僕に渡してくれている。

会社のパーティーのほかに、気取らないシャンパン・パーティーもあったらしい。僕も誘われたけど、片づけもしないで行くのは気が引けて、断った。クリスとアンディは、ハンサムな室長にクローゼットで押し倒されちゃダメだよ！　って言い残して、でも楽しそうに出かけていった。

デザイナー室のメンバーも、それに出かけたり、ほかのメゾンのデザイナーたちと会って盛り上がったりしていて、ほかに知り合いのいない僕は、ぽつねんと取り残されてしまっていた。

華やかな席はあまり得意じゃないのに、知らない人たちに囲まれて、話しかけられたりして、口ベタな僕は、そうとう困っていたんだ。

片づけを手伝ってくれないか、という塔谷室長の言葉で、僕はやっとパーティーを抜け出した。片づけなんか、本当は塔谷室長……というか岡元社長の共同経営者の彼……がするような仕事じゃない。だけど、塔谷室長は、パーティー会場で僕のところに来てくれて。

彼の顔を人ごみの中に見つけた時、僕はものすごく嬉しかったんだ。

「……パーティーに、もう少しいたかった？」

塔谷室長が、手の中のアクセサリーから目を離さないままで、言う。

「むりやり連れ出して、悪かったかな？」

「いいえ！」

僕は慌ててかぶりを振って、

「僕、ああいう華やかな場所には慣れてなくて。だから早く逃げ出したくて。でも新人なのに接待もしないで逃げたら失礼かなって思って、なかなか抜け出せなくて……本当に助かりました」

「それならよかった」

塔谷室長は、僕の方をふいに振り向き、僕の目をまっすぐに見つめて、

「しつこい男にずっと話しかけられていただろう？　君が困った顔をしていたような気がして」

そう。なぜかずっと話しかけてくる男の人がいて、どうしていいのか解らなくて、でも失礼に当たるといけないし……僕は困り果てていたんだ。

……もしかして、僕が早く逃げたかっているのに気づいて、助けてくれた……？

僕の胸は、熱くなる。

「塔谷室長って、……ホントに、優しいんですね……」

僕は、失礼かな、と思いながらも、つい言ってしまう。

だけど、彼が驚いた顔をしたのを見て、僕は慌てて、

「す、すみません！　あなたみたいな有名デザイナーに、こんなこと。すごくナマイキかも」

「……いや。君はどうしてそういうふうに見てくれるのかな。俺は同業者からは怯えられているようだし、聖二からは冷血漢《れいけつかん》だのサイボーグだの……」

彼の言葉に、僕は思わず笑ってしまいながら、

「そんなことないです。あなたはすごく格好良くて、優しくて、ものすごく憧れてしまいます。僕、この会社に入ってよかったです。あなたに出会えて本当に嬉しい」

言うと、彼はなんだかふいに真剣な顔になって、僕の顔を覗き込み、

「俺も……嬉しいよ」

「……え？」

「……君と、出会えて」

……僕と出会えて、嬉しい……？

心臓が、トクンと跳ね上がる。

……うそ！　あの、『リヒト』にそんなことを言われちゃうなんて……！

彼はきっと、そんなに深い意味で言ってくれたんじゃないと思う。

多分、僕が、『あなたに出会えて嬉しかった』って言った言葉を、紳士的に、そのまま返してくれただけなんだろう。

だけど。

僕は、なんだか泣いてしまいそうになる。

……がんばってきて、よかった……。

「俺は、君のことがとても好きだ」

なんだか初めて聞くような、彼の甘い声。ただでさえよく響く低い美声なのに、こんなふうに見つめられながら言われると、なんだか心臓が、ドキドキ、ドキドキ……。

「そんな、もったいないです。僕みたいなデキの悪い部下がそんなこと言ってもらっちゃ……」

頬が熱くて、鼓動が速くて。やっとのことで蚊《か》の鳴くような声で呟く。

彼は僕を見つめ、真面目な声で、

「そうじゃない。ここで、はっきりと告白してもいいかな?」

「……え?」

聞き返すと、彼はなんだか苦しげに見えるほど真剣な顔で、

「……君が好きだ」

「……えっ……」

……塔谷室長が……?

……僕のことを……?

僕の身体を、いきなり、驚くほどに強い電流が走り抜けた。

「……あ……!」

身体が甘く痺れて、なんだか頬が熱くなって……、
鼓動が、どんどん速くなる。

……塔谷室長が、僕のことを、好きって言ってくれた……。

思うだけで、なぜだか、泣いてしまいそうになる。

……ち、ちがうってば……!

……彼が言う好きだって言葉の意味は、きっと部下として好きだってコトで……、

「……それは、人間として好き、とか部下として気に入ってくれた、とか……ですよね……」

僕が言うと、塔谷室長は、きっぱりとした声で、

「違う。……俺は、ゲイで、君を愛している、ということだよ」

硬直した僕を見て、塔谷室長は、なんとなく悲しげに笑う。

「君が応えてくれる確率は、とても低いと思う。だが……」

塔谷室長が、なんだかすごく苦しげな声で、

「……正直に言いたかった。俺を恋人として好きになってくれたら、どんなに嬉しいかと思う」

僕の身体がズキンと甘く痛む。

「……恋人、として……？」

「そう。キスをしたり、抱かれたり、そういうことも含めて」

彼の言葉に、僕の心臓がトクンと跳ね上がった。彼は僕から目をそらすようにして立ち上がり、

「俺はバックステージのチェックに戻る。……疲れただろうから遅くならないうちに帰るんだよ」

彼は僕を見つめ、おやすみ、と言って踵を返し、クローゼットの外に出ていく。

僕は、自分の速い鼓動を感じながら、立ちすくんでいた。

……ああ……なんでこんなにドキドキするの……？

……塔谷室長が……僕のことを……？

僕は、まだ呆然としたまま、会社を出た。

自転車は会社の駐車場に置いていくことにする。なんだか歩いて頭を冷やしたい気分だし。

彼の言葉、彼の目を思い出すだけで、身体が燃えそうなほどに、熱くなっちゃうんだ。

……なんで……僕も、彼も、男なのに……！

彼は、自分がゲイだって言った。恋愛の対象になるのは男だけ、ってこと……だよね。

僕は、今まで男の人に恋をしたことなんか、一度もない。

……まあ、女の子と熱烈な恋愛、なんて体験も、ないけど……。

白状すれば、女の子と深いつき合いをした経験も、キスしたことすらない。

……だからって、ゲイってことじゃないよね……？

……でも……。

僕は、自分の鼓動の速さに、混乱する。

……塔谷室長のことを思っただけで、どうしてこんなにドキドキするんだろう……？

……彼の顔や声を思い出すだけで、どうしてこんなに身体が熱くなるんだろう……？

僕が思った時、後ろから走ってきた一台の車が、僕の脇の歩道に横付けされた。黒光りする、すごいリムジン。運転しているのは制服の運転手さん、後部座席に、一人の男の人影。

運転手さんが降りてきて、車を回り込んで後部座席のドアを開ける。

僕は、へんなところに停まるなあ、と思いながらさりげなく脇を通り抜けようとする。そしてそこから降りてきた男の人を見て……驚いてしまう。

……うそ……！

彼は、パーティーの時に僕に話しかけてきた……、

「……嵩沢……さん……？」

言うと、彼は近づいてきて、いきなり僕の手を握りながら、

「……名前まで憶えていてくれるなんて。光栄だな」

怜悧なハンサム顔に、すごく嬉しそうな笑みを浮かべて言う。

掴んだ手を持ち上げられ、キスでもされそうに顔を近づけられて、僕は慌てて手を奪い返し、

「嵩沢コーポレーションの社長を忘れたりしたら、バチがあたりますから」

「ビジネスライクなことではなく、もっとプライベートな印象で憶えていて欲しかったな」

「……は……？」

「なんてハンサムな人なんだろう、とか。一目惚れしてしまって忘れられない、とか」

彼は一人で言ってから、呆気にとられている僕を見て、楽しそうに笑う。

「まあいいか。……それより、送るから。乗って行きなさい」

「えっ？」

「家まで送る。パーティーの時、家はこの近くだって言ってたじゃないか」

「いえ、けっこうです……ぜんぜん歩ける距離なので……あの……」

後込《しりご》みして後ずさるけど、あっさりつかまえられて、強引にリムジンに乗せられてしまう。

ドアが閉められ、車が密室になると、なんだかものすごく緊張してしまう。

……ああ……なんで乗っちゃったんだろう……？

この嵩沢さんという人には、なぜだかどうしてもなじめない。僕は早くも後悔してしまう。

「住所はどこ？　家の前まで送るよ」

言われるけど、なんだか彼に家を知られるのはイヤな感じがして。

「……いえっ……そしたら表参道の交差点までで結構ですから……」

言うけど、嵩沢さんはなんだか強引な口調で、

「家まで送る。こんなに遅い時間に、こんなに可愛い子を一人歩きさせられないよ」

いちおう親切で乗せてくれたんであろう彼に、もうそれ以上何も言えなくなってしまう。

結局、僕は、なんだかんだで、自分のアパートの前まで彼に送られてしまった。

僕が慌てて車を降りると、彼も車から降りて来る。アパートを興味深げに見上げ、

「『セージ・オカモト』は、もっと社員の待遇《たいぐう》を考えた方がいいな。デザイナーをこんな場所に住まわせるなんて」

……そりゃ、超・お金持ちの人から見れば、ここはただの古くて小さな建物だろうけど……。

古い煉瓦の壁、ラベンダーの咲く花壇《かだん》、中庭の真ん中にはお花見ができる大きな桜の樹。

……僕も、ほかの住人たちも、とっても気に入ってるのに……！

「私のところに来なさい。今とは比べものにならないような、贅沢な思いをさせてあげよう」

いきなり言われた彼の言葉。僕は一瞬意味が解らず、呆然とする。彼は、

「……君が、とても欲しい」

囁いた声はなんだか思いつめたようで。その目はまるで獲物を見つけた獣のように光っていて。

「……でも、僕、『セージ・オカモト』を辞める気はありませんから……」

言いながら、僕はなんだか怖くなって思わず後ずさる。彼は、酷薄な笑みを浮かべて、

「私は、欲しいものは奪い取る。どんな手段を使っても、だ。憶えておいてくれ、夏希」

僕は、送ってもらったお礼を言い、慌てて踵を返す。もう振り返らずに、門の中に駆け込んだ。

……僕、この人のこと、なんだかすごく怖い……。

Rihito 8

「コレクションの作品をチェックしに、パリのアトリエに行くのなら、私も行くべきだろう」

聖二が、難しい顔で言う。それから、俺の顔を覗き込むようにして笑って、

「安心しろ、ハネムーンについて行くほどヤボじゃない。……私は、日をずらして行くよ」

手には飲みかけのシャンパンの瓶。

来日したモデルたちが近くのレストランで開いていた、気軽なシャンパン・パーティー。

聖二の姿が見えないと思ったら、彼は堅苦しい会社でのパーティーを抜け出し、そちらに出席していたようだ。

聖二は、夏希が突然連れてきた気の強い金髪の双子がいたく気に入った様子で、彼らの話ばかりをした。どうやら二人を口説いて……こっぴどく振られたらしい。

「そういえば、夏希との仲は進展している？　せっかく私が身を引いたんだからがんばれよ」

聖二はからかうような顔で俺を見て、

「……初夜はとっくにすんだ？」

俺はため息をついて、

「下品なことを言うな。やっとさっき、告白できたばかりだよ」

聖二は、やったな、というように口笛を吹き、

「返事はもちろんオッケーだろう？　夏希もゲイだし、おまえたちの息の合った熱々ぶりには、最近あてられっぱなしだったしなあ」

「いや。夏希はゲイではないよ」

俺の言葉に、聖二はふと顔から笑みを消した。

「ストレートなのか？　あんなに色っぽくて、男心をくすぐるのに？」

「夏希のあの色っぽさは、媚《こ》びを売っているのでも、男を知っているせいでもない。あれは天性のものだ。自分がどれほど男を魅きつけるのか、彼は全くわかっていない」

俺がため息をつくと、聖二は彼にしては珍しい、真面目な声で、

「あんなに色っぽい、なのにストレート、か。そうとうキツいな」

「まるで拷問《ごうもん》だ、このぬるい関係は。……だから、告白した」

俺は、グラスのシャンパンを飲み干す。ため息をついて、

「……このままでは、いつか、強引に奪ってしまう」

Natsuki 9

……まだ、信じられない……。

僕は、ホテルの窓から外を見ながら、思っていた。

眼下に広がるパリの夜景、下から白くライトアップされた、ものすごく綺麗なエッフェル塔。

あのコレクションから一週間が経った。

僕と塔谷室長は、メンズ&オートクチュール・コレクションの準備のために、パリに来ていた。

明日は『セージ・オカモト』の縫製アトリエに行って、仮縫い中のコレクション用の作品をチェックすることになっている。

デザイナー室のみんなは、二人きりでパリに行くことが決まったら、面白がってハネムーンだハネムーンだって大騒ぎして。

しかし、しっかり免税《めんぜい》品のおみやげリストを持たすところが……みんならしいというか。

クリスとアンディは、襲われたら殴れ！　とか言って、僕に右フックの打ち方を教えてくれて。

岡元社長が取ってくれたのは、パリでも最高級のホテル、ル・ブリストルだった。出張扱いで宿泊費は会社持ちだから、もちろんスウィートじゃなくてスタンダード。だけど、こんなに豪華な内装、それに広い部屋。僕にとっては……まるでお城。

……本当に、夢みたい……。

しかも、すぐ隣の部屋には、塔谷室長がいる。思うだけで、鼓動が速くなる。

彼はチェックインの時、あとで部屋に行くよ、って言った。

だから僕はなんだか緊張しちゃって、着替えることもできずに、スーツ姿のままでいる。

……な、なんでこんなに緊張しているんだろう、僕……？

自分に聞くけど、答えは解ってる。

塔谷室長は僕を部屋の前まで送ってくれて。そして去り際に、あとであの時の答えを聞かせてもらう、って言った。彼の、すごく真剣だった眼差し。

……どうしよう？　めちゃくちゃ恥ずかしい。いったいなんて答えればいいの……？

悩んでいた僕の耳に、ドアをノックする音。

慌てて部屋を横切って走り、覗き窓から外を確認する。

……塔谷室長……。

彼の姿を見ただけで、またさらに緊張して、足が震えてしまいそう。

僕は深呼吸してから、鍵を開け、ドアを開く。彼が、紳士的な声で、

「夏希。……今、邪魔しても大丈夫？」

僕は慌てて彼が入れるように脇にどく。彼が部屋に入り、ドアが閉まると、ますます緊張する。

「ええとっ、なにかお飲みになりますか？　それとも、ええと……」

ミニバーの方に逃げようとした僕を、彼の手がきゅっと捕まえた。

「……あの時の、答えを聞かせて欲しい」

囁かれ、深い色の瞳で見つめられて、僕は追いつめられた獲物みたいに動けなくなる。

「……あ……」

「俺は、君を、愛している。……君は？」

一言一言区切るようにして言われた、その言葉。

心の中に刻み込まれるみたいで、胸が痛い。

だけどその痛みは、なんだかすごく甘くて。

「あの……」

「……ん……？」

覗き込まれて、頬が赤くなる。僕は勇気を振り絞って、

「……あの、僕、デザイナーの『リヒト』であるあなたに、ずっと前から憧れてて……」

「……うん」

優しい彼の声に勇気づけられながら、僕は、

「……『セージ・オカモト』に入れて、あなた本人に会えて、ますます憧れが強くなって……」

……恥ずかしくて、とても彼の顔を見られないよ……。

「……今は、あなたといるだけで、ドキドキします。声を聞くだけで、胸が痛くなります。抱きしめられるとどこかが焼き切れそうになって、怖くて、でも離さないでいて欲しい」

僕は、なんだか泣いてしまいそうになりながら、

「……こういう気持ちを……なんて呼んだらいいのか……わからないんです……」

言った僕の身体が、ふいに引き寄せられた。驚いている間に、そのまま彼の胸に抱き込まれる。

「……こうして抱きしめて、離さないでいて欲しい？」

彼の静かな声に、僕は震えながらうなずいた。彼はすごく真剣な声で、

「……俺に抱かれていると、ドキドキする？」

僕は、彼の胸に頬を埋めたまま、うなずく。彼の芳しいコロンの香りに、頭の奥が甘くかすむ。

「……はい。心臓が壊れそうです」

「……キスをされてみたいと思う？」

言われて、僕の身体がピクンと震えてしまう。

……だって、彼の美しい形をした、男っぽい唇を思い出しただけで……。

「……キス……されてみたいです」

「……じゃあ、裸になって俺に抱かれたい？　全てを奪われて、一晩中、一つになりたい？」

「あっ！」

僕は思わず声を上げた。

だって、その甘い声で囁かれただけで、僕の身体の一部が、クンッと反応してしまって……、

「……あなたのものになりたい……僕の身体も、心臓も……そう言ってるみたいです……」

恥ずかしくて恥ずかしくて、蚊の鳴くような声で言った僕を、彼は愛おしげに抱きしめて、

「そういう気持ちを……恋と呼ぶんだ。愛しているよ、夏希」

◆◇◆

抱きしめられて、甘く囁かれて、僕はポーッとしてなんだかすごいことまで言っちゃって。

強引にベッドに連れて行かれたらどうしよう、と怯えたけど、彼は紳士的に僕を離してくれて。

「シャワーを浴びて、着替えて、食事に行こう。機内食を食べなかったからお腹がすいただろう」

そう。僕は、仕事の疲れが出て、飛行機の中では何も食べずに十四時間もバク睡してたんだ。

「一人だけ、パリで会いたい人がいるんだ。君にもぜひ会わせたい」

そう言って、彼が連れてきてくれたのは、セーヌ川に浮かぶクルーザーだった。

中はこぢんまりとした、でもすごくお洒落なレストラン。

小ぎれいな夜の服に着替えた男女が、くつろいだ様子で夏の夜を楽しんでいる。

テーブルには、皺一つない、真っ白なテーブルクロス。

綺麗なカッティングのあるクリスタルのワイングラス。磨《みが》き込まれた銀のカトラリー。それらがろうそくの光を反射して、オレンジ色にキラキラと光っている。

そのクルーザーは、エッフェル塔のすぐ下に停泊していた。セーヌ川の水面に映って微かに揺れているエッフェル塔が……ものすごくロマンティックだ。

こんな美しい場所に、塔谷室長と一緒にいられるなんて、本当に夢みたい。

しかもしかも！　もう一人、テーブルについているのは……、

「……本当は、二人きりで夜を過ごしたかったんじゃない？　邪魔をして悪かったね」

赤ワインの入ったグラスを傾け、彼が言う。ほとんど癖のない、綺麗な日本語。僕は慌てて、

「そんな！　本物のジョルジュ・デュヴァリエさんに会えるなんて、僕、夢みたいですっ！」

彼は、『ジョルジュ・デュバリエ』のチーフデザイナー、世界に名だたる服飾デザイナーの、ジョルジュ・デュバリエ本人だった。

「だって、ほんの数ヶ月前まで、ショーを見に行くことすら、夢のまた夢だったんですから！」

彼は、デザイナーなら誰でも夢見る『金の指ぬき《デ・ドール》賞』を、二度も獲《と》った経験がある。権威《けんい》ある『パリ・オートクチュール協会《サンディカ》』の名誉会員でもある。

綺麗な白髪、陽に灼けた頬をした端整な顔。鍛えているらしく引き締まった身体。年齢はもう六十歳近いはずだけど、ぜんぜんそんな歳には見えない。

『ジョルジュ・デュバリエ』の休日用のくつろいだスーツに身を包んだ彼は、すごく格好いい。

デュバリエさんは優しい顔をして僕に笑いかけ、

「次のショーには、君にも招待状を送るよ。ぜひ見に来て欲しい。なんといっても……」

彼は手を伸ばし、塔谷室長を軽く小突《こづ》いて、

「不肖《ふしょう》の愛《まな》弟子の、可愛い奥さんだろう。ハネムーン中の」

その言葉に、僕はかあっと赤くなってしまう。塔谷室長は、セクシーな目で僕を見つめて、

「まだハネムーンは始まっていません。……初夜は今夜だよね、夏希？」

あまりのことに、僕は失神しそうになる。

……いくら周りが全員外国人だからって、こんなレストランで、そんなエッチなこと……！

「がんばれよ、リヒト！　……ナツキくん、ちゃんと食べておかないと朝までもたないよ？」

デュバリエさんが、楽しそうに笑いながら言う。

僕は恥ずかしさのあまり、ものすごく美味しいワインを思わず一気飲みしてしまう。

塔谷室長……『リヒト』は、もともとはフランスの名門中の名門、『ジョルジュ・デュバリエ』のメゾンで働いていた人だったらしい。それを聞いた僕は、なんとなく納得してしまった。『リヒト』の計算されつくしたデザインは、徹底的に基礎を叩き込まれ、しかも最高のメゾンで修行を積んだ人にしかできない、完璧なものだったから。

しかも、ただの師匠《ししょう》じゃなくて。塔谷室長のご両親は、彼がまだ十五の時に亡くなっていて。そのあとは、ご両親と仲良しだったデュバリエさんが、彼の親代わりみたいな存在だったらしい。

『リヒト』が、自分のプロフィールを公表しない気持ちも、なんだか解る気がする。

作風に共通点があるわけじゃないけど、やっぱりこんな有名なデザイナーと近しい人だったって解ったら、やっぱりマスコミには何か言われるだろう。七光り、とかなんとか。

それに、デュバリエさんは、この歳になるまで結婚をしていないから、業界では、ゲイだろうって言われてて。こんなハンサムな塔谷室長とデュバリエさんだから、ぜったいにゲイのカップルだろうって噂されちゃっただろうし。

こんなに男っぽくて逞しい二人が抱き合ってる姿なんて（うわあ！）、想像もできないから、もちろん二人は普通の父子《おやこ》と同じ関係だろうけどね。

「……ところで」

うっとりするほど美味な、フランス料理のフルコースのあと。

デュバリエさんが、カフェ・ノワールのカップを持ち上げながら、塔谷室長に言う。

「嵩沢コーポレーションが、うちの会社を吸収合併しようとしていることは知っているね？」

嵩沢さんって……パーティーで話しかけられて、リムジンに乗せられた……あの人だよね？

彼のにこやかな顔、でも冷たい目を思い出して、胃のあたりがきゅっと冷たくなる。

「気をつけろ、リヒト。嵩沢は恐ろしい男だ。しかも次はおまえの会社を狙っているよ」

その言葉に、僕は真っ青になってしまう。……『セージ・オカモト』が、ほかの会社の手に？

デュバリエさんは、

「嵩沢はうちの大手顧客だった株主も味方につけた。このままでは、『ジョルジュ・デュバリエ』はあの会社に吸収される。まちがいなく、『ジョルジュ・デュバリエ』の商品の質は落ちる」

デュバリエさんはため息をついて、悲しげな声で、

「そうなったら、私はデザイナーを辞める。クチュリエとしての最後のプライドかな」

塔谷室長は、勇気づけるようにデュバリエさんの手の甲《こう》をそっと叩いた。

「ご安心ください。……クチュリエの誇りは、俺が守ってみせます」

塔谷室長の凛々しい眉が、厳しく寄せられていた。彼の黒い瞳が、怒りに光って見えた。

「……あんな男に、負けはしません」

Rihito 9

俺と夏希は、ル・ブリストルのプールサイドに来ていた。

本当はすぐにでも彼をベッドルームに連れていきたいところだったが、夏希が、せっかくこのホテルに泊まるのだからプールを見てみたい、とリクエストをしたのだ。

ガイドブックにはたいてい写真が載っているここは、ル・ブリストルの名物だ。

珍しい、木でできた枠《わく》を持つプール。壁面に、船の船首部分と海の絵が描かれている。そのために、このプールに入っていると、まるで豪華客船の甲板《かんぱん》にいるような気分になる。

最上階にあるこのプール。窓の外には、美しいパリの夜景。

「……綺麗ですねえ……」

彼は窓の外を見つめながら言うが、その視線はどこか落ち着かなげにさまよっている。

「更衣室で水着を貸してくれるはずだよ。せっかく来たんだから着替えて泳がないか？　水は嫌い？」

「あ、ええと、嫌いじゃないです。泳ぐの大好きです。けど……」

夏希は、照れたような顔で俺から目をそらしたまま、なぜか口ごもる。

「どうかした？」

言うと、彼は頬をぽっと染めて、

「ええと、あの……どうぞ、お先に更衣室で着替えてください……僕、あとから……」

その恥ずかしげな声に、俺は笑ってしまいながら、

「俺の前で裸になるのは恥ずかしい？　会社では、一緒にシャワーまで浴びた仲なのに？」

「……あっ……！」

彼は声を上げ、その滑らかな頬にさらに血の気を上らせる。

「あれは……あの……まだ、告白とかする前だったし、いえ、あの……」

「告白をしたあとだから、意識してしまう？」

「……あっ……」

俺は、彼の華奢な肩を抱き寄せて、

「抱かれたい？」

「……ああっ……！」

感じてしまったかのように、ピクリ、と震える身体を抱きしめ、俺は彼の耳に囁く。

「部屋に帰ろう。でないとここで奪ってしまうよ」

◆◇◆

「……ん、んん……」

俺は、数え切れないほどのキスを奪い、そのたびに上がってゆく彼の体温を確かめていた。

無粋《ぶすい》なのか、夏希の貞操《ていそう》を心配したのか、聖二はツインベッドの部屋を二つ予約していた。

しかし夏希の初めての夜のために、俺は、ダブルベッドのある一番広いスウィートに部屋を替えさせた。

荷物を置いたベルボーイが、チップを受け取って出て行き、ドアが閉まった途端。

俺は我慢できずに夏希を引き寄せ、眼鏡を取り上げ、キスを奪ってしまった。

「……ん、んん……」

夏希は、最初は恥ずかしげに身体をこわばらせていた。しかし俺のノックに答えて口を開き、俺の舌を受け入れた時には、もう溶けそうなほど身体を熱くし、俺にすがりついてきた。

「……だめ、です……こんなところで……あ、んん……」

こんな囁きを漏らすが、その声はまるで愛撫に応えているかのように甘い。

「こんなところではだめ？　それじゃ……」

俺は彼の目を覗き込んで、

「……ベッドルームに抱いていくよ？」

「……あっ！」

夏希が、頬を染めて小さく声を上げる。あまりの可愛さに、
思わず言ってしまう。

「どうしたの、そんなに赤くなって？　キスで感じてしまった？」

夏希の華奢な身体は限界まで熱くなっていて、スラックスに包まれた下腹のあたりに……、
イジワル、と可愛く囁いて瞳を潤ませた彼を、我慢できずに抱き寄せる。

確かめるために、腰に腕をまわし、さらに強く抱き寄せる。

「……いやっ、ああ、んっ……！」

夏希が上げた甘い声に、俺は我を忘れそうになる。

「……感じてくれたみたいだね」

耳に囁きを吹き込むと、彼は、ああ、とため息をもらし、

「……恥ずかしいです……キスだけでこんな……」

小さく呟く。あごに手をやって顔を上げさせると、頬をバラ色に染め、今にも泣きそうな顔をしている。俺は思わずその唇にもう一度キスをして、

「恥ずかしくないよ。正直に言えば、俺も君が欲しくて似たような状態だ」

唇を触れさせたまま言うと、彼はまるで愛撫でもされたかのように、ビクン、と震える。

それから、なにか心配事があるような声で、

「……あの……」

「……ん……どうした？　怖い？」

「そうじゃなくて、あの……あなたがそうなってくれて。そして、僕もこうなって。だけど……」

彼は、苦しげな目で俺を見上げ、

「男同士って、愛し合っていても、セックスとか、できないんですよね」

「……え？」

あまりに意外な言葉に思わず聞き返すと、夏希は、今にも泣きだしそうな声で、

「……僕、女の子だったらよかった。そうしたら、今すぐあなたに抱かれて、あなたと一晩中一つになって、あなたの熱を確かめられた」

「……夏希……？」

「……僕たち、男同士だから、愛し合っていても、プラトニックでいるしかないんですよね」

悲しげに言われた彼の言葉に、俺は少し青ざめながら、

「それは……抽象的《ちゅうしょう》な、ものの例えかな？　その、精神的に愛し合うのはいいが、肉体的につながることはイヤだ、とか……」

「ちがいます！　そうじゃなくて！」

彼はかすれた声で言い、悲しげにうつむく。

「僕は女の子じゃないから、あなたを受け入れるための場所がありませんよね？　あの……肉体的に……です……」

……彼はまったくの未経験で、男同士のセックスのことなど、なにも知らない……？

俺は驚きながら思う。

……こんなに美しいから……少し心配していたんだが……、
心の中に、いとおしさが広がっていく。

……彼は、俺だけのものだ……。

俺は、彼のあごに手を当てて顔を上げさせる。

「俺に、抱かれたい？」

「……はい」

彼は、けなげにもきっぱりと答え、悲しげな顔で、でも、と続けようとする。俺はそれを遮《さえぎ》り、

「それなら、教えてあげる」

「……え？」

「男同士でセックスできる方法がある」

「ええええっ？」

夏希はとても驚いたように叫ぶ。俺は彼の耳に口を近づけて、

「……その方法を使えば、君は俺に抱かれて、一晩中一つになって、俺の熱を確かめられる」

「……あっ……！」

彼の肩が、ピクンと跳ね上がる。

「……教えて欲しい？　俺と一晩中、一つになりたい？」

囁くと、彼はまた頬を恥ずかしげに染め、俺を見上げて、

「お……教えてください……」

微かな声で言う。俺はたまらなくなって、彼の腰を強く引き寄せる。

「……あっ……」

驚いたように身じろぎする彼を見下ろして、

「逃げないで。説明する。きちんと聞いて。……いい？」

「……は、はい」

夏希は真剣な顔で答えるが、緊張しているのか、その身体が微かに震えている。

彼のスーツの生地の手触りを感じながら、彼の腰に置いていた手をゆっくりと下に滑らせる。

「……あ……」

俺の手が彼のまろやかな双丘にさしかかった時、彼はため息のような小さな声を漏らした。

「大丈夫？　俺に触れられるのは、いや？」

囁くと、彼はけなげにかぶりを振り、思いつめたように潤んだ瞳で俺を見上げ、

「……教えてください。僕に、全部」

「いいよ。全部教えてあげる。でも、そうしたら、君は俺だけのものになる。それでもいい？」

聞くと、彼は深くうなずき、それからまたふわりと頬を染めて、

「あなただけのものに……なりたいです」

そのいじらしく、可憐《かれん》な様子が、俺の獰猛な欲望を一気に燃え上がらせる。

「わかった。じゃあ、逃げないで。……いい？」

囁きながら、彼の双丘の谷間に指を滑り込ませる。夏希は驚いたように、

「……あ……！」

「……おとなしくして。でないと教えられない。いやだったら、やめるよ？」

囁くと、彼は必死の様子でかぶりを振って、

「……いやじゃないです……教えてください……」

言って、恥ずかしげに囁いて、全てを預けるように俺の胸に頬を押しつける。

俺は、彼の身体を抱きしめて、指で彼の谷間の奥の深い蕾を探し当てる。

「……あっ……！」

夏希が少し怯えたような声を上げる。

「……ここを……」

指をきゅっと押し当てると、彼の身体が、緊張のそれとは違う動きで、びくんと跳ね上がった。

「……ここを開いて、愛し合うんだよ」

囁くと、彼の頬が、ぱっとバラ色に染まる。

「最初は痛みがあるだろうし、とてもつらいかもしれない。……できる？」

確認するように、もう一度、布地の上からさっきよりも強く指を押しつける。

「……んんっ……！」

「……君と一つになりたい。愛しているよ、夏希」

囁くと、俺の腿《もも》のあたりに押し当てられた彼の中心が、ピク、と反応した。

見下ろすと、彼は目を閉じ、悩ましく眉を寄せていた。色っぽい唇が微かに開いて、

「……愛しています。あなただけのものになりたい……」

その唇に、俺は奪うようなキスを落とした。彼は驚いたように目を開けてしまう。俺は、

「……キスの時は、目を閉じて……その方がお互いの唇を感じられる……」

囁くと、彼の長いまつげがゆっくりと閉じられる。それを確認して、俺も目を閉じた。

目を閉じると、本当にリアルに感じられる。彼の唇の溶けそうな柔らかさ、その熱。

もっと深く確かめたくなって、彼のあごの力が抜けたスキに、舌を口腔《こうこう》に滑り込ませる。

「……んっ……！」

彼はまた驚いたように身体をこわばらせる。俺は容赦なくその腰を引き寄せ、彼の上顎《うわあご》を舐め上げ、滑らかな舌をすくいあげる。

「……ん……ん……」

ちゅ、と舌を吸い上げると、彼の微かな呻《うめ》きが、とろけそうに甘くなった。

彼の身体が熱を上げ、彼の指がすがりつくように、俺の上着の生地をきゅっと握りしめる。

「……とう、や、室長……」

キスの合間に、彼が小さな声で呟く。俺は、囁きで、

「……プライベートの時に、職位で呼んではいけない。名前で呼びなさい。……俺の名前は？」

「……リ、ヒト……」

「……いい子だ。……どうしたの？　キスが苦しい？」

言うと、彼は小さくかぶりを振り、それから潤んだ瞳で俺を見上げ、

「……リヒト……愛しています……」

彼のかすれた声は、俺の最後の理性をあっさりと吹き飛ばした。

Natsuki 10

「……あっ……んん……っ！」

彼の唇が肌に軽く触れるだけで、僕は声を上げてしまう。恥ずかしいのに、抑えられない。

僕と彼は、キングサイズのベッドの上で、折り重なるようにして抱き合っている。

いつも彼は、そのスーツを皺一つなく整えている。でも今は……、
彼は僕の身体を強く抱きしめ、なにもかも忘れたように、僕にキスを繰り返す。

彼の器用な指は、僕の上着を脱がせ、ネクタイを取り去り……、

「……あっ……やあっ……んっ……！」

はだけたYシャツ。鎖骨《さこつ》にキスをされ、乳首を、ちゅ、と吸い上げられて、僕は喘《あえ》いだ。

彼の手が、僕のスラックスの布地の上を滑る。きゅっ、と勃ち上がってしまった僕の屹立は、
布地の下で限界近くまで硬くなり、涙を振り零してしまっていて……、

「……あっ、あっ、おねがい……リヒト……！」

僕は彼にすがりつき、思わず懇願《こんがん》してしまう。彼はすごくイジワルな声で、

「……何をして欲しいのか、ちゃんと言ってごらん？　ボタンを開けて欲しい？」

スラックスの前ボタン。彼はその隙間から一本だけ指を入れ、下着の布越しに屹立に触れる。

「………お願いです……ボタンを開けて……脱がせてください……」

下着の布越しの愛撫の焦れったさに、僕は泣きながら懇願する。

彼はわざとゆっくりボタンを外す。ジラされて燃え上がる欲望に、僕はまた泣いてしまう。

「……奪われたい？　一つになりたい……？」

腰に来るような甘い声の囁きに、僕はもう何もかも忘れて、夢中でうなずいた。

「……一つになりたい……僕の全てを、奪ってください……」

「……いい子だ……愛しているよ、夏希……！」

彼は囁き、そして獰猛な獣に変わった。激しく僕を感じさせ、容赦なく追い上げて……。

初めての僕が、逞しい彼を受け入れるのは……とても大変だった。

でも、彼は丁寧に時間をかけて僕を愛撫して、僕が何もかも忘れてしまうまで溶かしてくれて……最後には、僕は痛みも忘れて、あまりに激しい快感に、ただ泣きながら喘いでしまった。

そして僕らは一つに溶け合ったまま、二人一緒に、激しく高みに駆け上り……、
でも、放てば放つほど、欲望はますます膨れ上がるようで……。

Rihito 10

カーテンの隙間から差し込む、朝の光。

腕の中には、愛しい夏希がいる。静かな部屋に響くのは、彼の安らかな寝息だけ。

昨夜、俺が全てをはぎ取った時のまま、彼はしどけない裸の姿で眠っている。

彼の肌を隠しているのは、最上級のシー・コットンの純白のシーツ。

そのしなやかな身体のラインに沿って、美しい襞ができ、絶妙な陰影《いんえい》を描いている。

俺が今までに見たどんな服よりも、それはずっとずっと美しく見える。

彼の滑らかなミルク色の肌。そこに花びらのように散る、バラ色の俺のキスの跡。

長いまつげを閉じ、夏希は無垢な赤ん坊のような顔で眠っている。

彼の寝姿はとてつもなく美しく、そして、明け方近くまで数え切れないほど抱いたというのに、身体の奥にまた火がつきそうなほど……色っぽい。

彼が微かに呻いて、甘える子犬のように俺の肩に頬を埋める。

一晩中降らせた俺のキスで甘く熟した、果実のように紅い唇。それが小さく開いて、ため息混じりの微かな声を漏《も》らす。

「……リヒト……」

「……愛してる……」

俺に抱かれている間、彼は何度も何度も、この言葉を繰り返していた。

囁くような甘い声、せっぱつまったかすれ声、そして目眩がするほど色っぽい、絶頂の声で。

初めてであることを証明するように堅く閉じた彼の蕾。しかし彼はけなげに俺を受け入れた。泣きながら俺にすがりつき、甘い声で喘ぎ、たまらなげに俺を締めつけ、そして駆け上った。

俺の胸が、いとおしさに激しく痛む。

「……夏希、愛しているよ……」

囁いて、彼の髪に唇を埋める。

彼の肌からは、咲いたばかりの白い花のように清潔《せいけつ》な、しかしとても甘い香りがする。

俺は一晩中この香りに包まれ、酔いしれ、なにもかも忘れてしまった。

そして今も、髪にキスをするだけで、俺の自制心はあっさり吹き飛びそうになる。

……ああ、本当に心から愛しているよ、夏希……。

俺は彼を抱き寄せ、心の中でもう一度囁いた。

Natsuki 11

……あったかい……。

……気持ちいい……。

僕はゆっくりと眠りから引き戻されながら、思っていた。

夢の中で、僕は、大好きな塔谷室長の腕の中にいて。彼からたくさんのキスをもらって。

夢の中の僕は、キスの合間に、『リヒト、愛してる』って何百回も繰り返していて。

「……リヒト……」

夢うつつの僕の唇が、勝手にその言葉をまた囁いてしまう。

「……愛してる……」

……ああ、僕ったら、塔谷室長のこと、リヒトだなんて呼び捨てにしたりして……。

……しかも、彼とアンナコトをする夢なんか見ちゃって……。

思い出すだけで身体が熱くなるような、激しい夢。

僕は、我を忘れて喘ぎ、彼にすがりつき、彼の愛撫と熱で、何度も何度も絶頂に駆け上り……、

「……夏希、愛しているよ……」

今もまだ、彼の声が聞こえるような気がする。

低くて、甘くて、腰が痺れてしまうような、ものすごくセクシーな声。

……リヒト……。

彼を思うだけで、愛しくて愛しくて、胸が潰《つぶ》れそう。

夢の中の彼は、いつもの紳士的な仮面をあっさりと脱ぎ捨て、野生の獣のように獰猛に僕に襲いかかり、僕に激しい快楽を与え、そして僕のなにもかもを奪ってくれた。

夢の中で、僕は……ものすごく幸せだった。

まだ彼の胸に抱かれているような気がする。僕は、切ない気持ちで思う。

……ああ、これが夢じゃなかったら、どんなに幸せだろう……。

髪に、彼の優しいキス。

鼻孔をくすぐる、セクシーな彼のコロン。

僕を抱きしめる逞しい腕、あたたかい体温、ゆったりとした鼓動。

……あ、あれ……?

低血圧だから、なかなか頭がはっきりしない。でも、これって……、

「……え……？」

僕は慌てて目を開ける。眼鏡がないからぼやけた視界。

そこには、夢で見ていたとおりの、愛しい彼がいて……、

「……あっ……！」

……ゆ、夢じゃなかった……？

「……目が覚めた？」

彼が囁いて、僕の身体を引き寄せる。

そのあたたかな感触に、僕は気づく。

……うわ、僕、シーツの下は、裸だっ……！

身体の側面が触れているのは、彼の肌。僕は、やっぱり裸のままの彼に抱きしめられていて。

「……おはよう、夏希」

彼が囁いて、優しいおはようのキスをしてくれる。

さらさらとして熱い、彼の肌の感触。そして甘いキスに、僕は真っ赤になる。

……はっ、恥ずかしい……。……でも……、
なんだか、幸せすぎて涙が溢れそうだ。

……夢じゃなかったんだ……。

「素晴らしいスーツをお召しですが、うちの新作ですか？　……と彼は言っている」

早口で言われたフランス語を、リヒト（ああ、僕ったら彼を呼び捨てにしたりして！　でも、恋人だから……いいよね……？）が通訳してくれる。

◆◇◆

ここは、『セージ・オカモト』のパリの縫製アトリエ。

アトリエの縫製責任者は、ファベルジェさんという人だった。

彼はまるで良家の執事さんのように丁寧で、物腰が柔らかで、僕はちょっと安心していた。職人気質の怖い人だったら、見学なんか邪魔だ、って言われちゃうかと心配してたから。

「は、はい。僕のデザインなんです。日本にある本社の縫製アトリエにお願いしたんですけど、すごく丁寧に作っていただいて、感謝しているんです。……とお伝えいただけますか？」

僕が赤くなりながら言った言葉を、リヒトが通訳してくれる。

ファベルジェさんはリヒトの言葉を聞き、大きくうなずいてから何かを言う。

「では、パリのアトリエが、日本のアトリエに負けないくらいの腕であることを、証明しなければなりませんね。仮縫い中のスーツをお見せします。……だそうだ」

リヒトが言う。ファベルジェさんは僕に笑いかけ、僕らの先に立って案内してくれる。

僕らは、アトリエで、先に仮縫い段階まで進んでいたスーツを見せてもらった。

それは……僕がまさにイメージしていたとおりの……。

僕は、うっとりとため息をついた。

……ぜったいにいい作品に仕上がってくる……。


「……やっぱり。素晴らしい生地ばかりですね。すごいなあ」

僕は生地をチェックしながら呟いた。

ここは、縫製アトリエのクローゼット。このアトリエには二つの広いクローゼットがあって、一つは出来上がった作品サンプルを展示しておく場所。そしてもう一つは膨大《ぼうだい》な量の生地サンプルが保管されている場所だ。

僕らがいるのは、生地サンプルがある方のクローゼット。サンプルと言ってもファイリングしてある小さなものだけじゃなくて、作品に使うために何十メートルかが一巻になったものもある。

僕は、オートクチュール用のドレスの生地をチェックしていた。

前回のコレクションに出した、サンドベージュのドレス……塔谷室長がファスナーを取って縫いつけてくれた、あのドレスだ……が、プレスにもすごく好評だったらしい。

僕はオートクチュール・コレクション用に決定していた紳士向けスーツのほかに、もう一着、ドレスをデザインしてコレクションに出すことになった。デザイン画はもう決定していたけど、まだ生地がはっきり決まっていなかった。で。せっかくパリの縫製アトリエに行くんだから、本物の生地を見ながら、一番合いそうなものを選ぼうってことになったんだ。

「とりあえず、イメージではローズ系の色なんですけど……うう一ん……」

一言でローズ、と言っても、マジェンダに近い華やかなものから、グレイベージュの入った落ち着いた色もある。僕はもう二十分くらい、デザイン画と生地を見比べながら悩んでいた。

「……あ。これはどう？」

棚の中から生地を出していてくれたリヒトが言う。僕は目を上げて……、

「……あっ、綺麗！　それで作りたいです！」

それは淡い淡いローズ、咲きかけのバラのような色だった。ふわりとあたたかい感じで、少しだけ珊瑚色の入ったような……ものすごく綺麗なバラ色。最高級のシルク・オーガディ。

僕はひと目でその生地を気に入ってしまって、うっとりと見とれる。だけど……、

「す、すみません、これって、メーター いくらですか？　こんなにいいシルク・オーガンディ、ものすごく高いはずです！　しかもパリの縫製アトリエに縫製を頼んだら、工賃が、原価が……」

言いかけた僕の唇に、リヒトが指をそっと当てて黙らせる。楽しそうに笑って、

「これはプレタポルテではなく、オートクチュール用のドレスだよ？　お金の話はなし」

……そ、そうだ。なんだか原価計算をするのが、癖になっちゃってて……。

赤くなる僕に、彼は優しい顔で笑いかける。オーガンディの生地ナンバーを紙にメモして、

「君が気に入ったなら、これに決定だ。……もう一つ選ぶのを手伝って欲しいものがあるんだが」

「あなたのデザインの生地は決定してましたよね？　変更ですか？」

「個人的に、パーティー用のスーツを作りたいと思っているんだ。職権乱用で、今、選ぼうかと」

お店に売ってるスーツを社内販売で買うことはもちろんできるんだけど、『セージ・オカモト』では生地を選んで縫製職人さんに仕立ててもらう、オートクチュールの社員割引もあった。だけどけっこうな値段になるから、そこらへんの高級ブティックで買った方がずっと安く手に入る。そうとう着るものに凝ってる、職位のあるお金持ちの社員しか、それは利用してないみたい。

……やっぱりすっごく出来がいいから、オートクチュールはすごく憧れなんだけど……。

「いいですね。あなたが着るのなら、チェコールグレイか黒ですか？　ピンストライプとか？」

言いながら生地を探しに行こうとした僕を、彼がそっと後ろから抱き留める。

「俺のスーツじゃない。君のだよ」

「……え……？」

「履歴《りれき》書で見た。パリでのメンズ&オートクチュール・コレクションの日、君の誕生日だろう？」

「……あ……！」

「恋人に服を作ってあげるのが夢だった。誕生日と、コレクションに参加したお祝いに、君にスーツをプレゼントさせてくれないか？」

後ろから、耳元に彼の囁き。今朝までのことが頭をよぎって、僕は真っ赤になる。

「……えっ、でも、すごく高いですし……」

「君が選ばないのなら、俺が勝手に選んでプレゼントしていい？　真っ赤とか、ピンクとか……」

彼の言葉に、僕は笑い出してしまう。腕の中で身体をくるりと方向転換して彼を見上げ、

「僕が選びます！　そのかわり、あなたのお誕生日には僕からスーツを贈らせてくださいね？」

「パーティーの夜会服を選んでいる時の女の人って、こんな気持ちかもしれませんね。どきどきして、少し緊張して、でもものすごく幸せで」

言ってしまってから、僕は赤くなって、

「あ、何言ってるんだろう？　すみません、図々しくて……生地はこれでお願いします……」

言って生地ナンバーをメモした僕は、いきなりふわりと抱きしめられて、驚いてしまう。

「……愛しているよ、夏希」

低い、すごくセクシーな声で囁かれ、身体がかあっと熱くなる。

「君と一つになれて、俺はとても幸せだ。……君は……？」

囁きながら、彼の唇が僕の耳たぶにそっとキスをする。

「……ん？　答えて」

「ぼ、僕も幸せです……幸せすぎて夢かと思っちゃうくらい……」

赤くなりながら囁くと、彼はものすごくセクシーな顔で微笑んで、

「帰国を、二、三日延期しないか？　せっかくのハネムーンだ。何日でも愛し合いたいよ」

「……あ……」

彼は、真っ赤になった僕から眼鏡をそっと取り上げて、自分の上着の胸ポケットに入れる。

それから、彼の顔がゆっくりと近づいて……、
コンコンコン！

クローゼットのドアがノックされる音に、キスをしようとしていた僕らは現実に引き戻された。

『ムッシュ・トウヤ！』

電話の子機を持ったファベルジェさんが、慌てた様子で飛び込んでくる。リヒトは電話を受け取り、しばらく難しい顔で話してから、僕を振り向いて、

「ハネムーンの続きは、次にしよう。日本の本社で、少し面倒なことが起きたらしい」

Rihito 11

『嵩沢グループ、次のターゲットは、『セージ・オカモト』』

業界新聞の記事をもう一度読み返し、俺は苛立ちのため息をついた。

まるで、もうすでに会社が買収されたかのような内容だ。

「嵩沢さまがおみえです」

秘書の声に、俺と聖二は顔を見合わせる。

嵩沢は、今日も『セージ・オカモト』のスーツを着ていた。プレタポルテの中での一番高いライン、俺のデザインだ。似合ってはいるが……こんな男に着られるのはとても不愉快だ。

この間までの慇懃な様子は、彼からは消えていた。その顔には、傲慢で得意げな表情。

……まるで、獲物を追いつめたハイエナだな……。

嵩沢は部屋を見渡して、

「ミスター『リヒト』はいらしていないのですか？　大切な話だというのに」

「『リヒト』のかわりに、彼を同席させます。デザイン業務の責任者は、彼ですから」

聖二が言うと、嵩沢は、まあいいか、というふうにうなずいてソファに座る。

そして、勝ち誇ったような顔で身を乗り出して、

「……ところで。岡元さんは、自分の会社の筆頭株主が誰なのか、ご存じですか？」

聖二が眉を顰めて、

「もちろんです。うちの筆頭株主は、株式会社住菱《すみよし》ウール。うちの株の三十パーセントはあそこが保有している」

「本日、その住菱ウールから、私がお宅の株を買い取りました」

嵩沢の言葉に、俺も聖二も息をのんだ。嵩沢は低い声で、

「住菱はカシミアの原価の高騰《こうとう》で、とても苦しい状態にあった。株を買い取るのは簡単でしたよ。……今日から私が、この『セージ・オカモト』の筆頭株主です」

Natsuki 12

社内は、その記事の噂でもちきりだった。

「ぜったいにいやだっ！」

ヒサシくんが大声で叫ぶ。デイヴィッドくんも、

「冗談じゃないぜ！　なんでいきなりあんな会社の社員にならなきゃならないんだよ？」

怒った声で言う。椎名さんが青ざめた顔で、

「嵩沢コーポレーションに合併された会社は、一気に商品の質が落ちているわ。『ドミニーク』、『オビュソン』、『バドワ』。どれも利益に走って、デザインも生地ももう目も当てられない。……私たちの『セージ・オカモト』が、あんなふうになったらどうしましょう？」

怖そうに言って、永井さんを見る。永井さんは、ため息混じりの声で、

「生地の心配よりも、まずは、会社にいられるかどうかよ」

「えっ？　どういうことですか？」

僕が聞くと、彼女はなんだか苦しげな顔で、

「嵩沢コーポレーションは、今の三つのメゾンのほかに、『ジョルジュ・デュバリエ』も吸収合併しようとしているわ」

僕の脳裏を、ジョルジュ・デュバリエさんの苦しげな顔がよぎる。永井さんは、

「ほかの雑誌のインタビューで、嵩沢社長が、『デザイナーが過剰《かじょう》で困っている』とか答えていたのを見たわ。吸収合併されたと同時に、私たち全員、いきなりクビになるかも……」

その言葉に、僕らは息をのんだ。身体から、血の気が引いていく。

……そんな……！　こんなにがんばって作品を作ってる、こんなに素晴らしいメゾンが……？

……もう、なくなっちゃうかもしれないってこと……？

「で、でも、塔谷室長がなんとかしてくれるんじゃ……」

僕は、彼の顔を思い出しながら言う。永井さんはまたため息をついて、

「塔谷室長も岡元社長も、とても頭のいい人だけど……嵩沢みたいな百戦錬磨《れんま》のハイエナに対抗できるとは……」

僕は、リヒトがデュバリエさんに言った、クチュリエの誇りは守る、という言葉を思い出す。

そして嵩沢さんの、欲しいものを奪い取るためには手段を選ばない、と言った時の顔も。

僕の身体を、悪寒《おかん》が走った。嵩沢さんのあの時の目は……本当に、とても怖かったんだ。

プルルル！

デスクの上の電話が鳴り、ヒサシくんが手を伸ばしてそれを取る。

「……デザイナー室です。……山口ですか？　少々お待ちください」

言って、受話器を押さえながら、

「……名前を名乗らないけど、男。そういえばこの人、急ぎみたいで昨日も電話してきたよ」

誰だろう、と思いながら、僕は受話器を受け取り、

「はい……デザイナー室、山口です」

『……やあ。夏希くん。元気にしていた？』

受話器から聞こえた声に、僕は震え上がった。

……嵩沢さん……。

『……パリに行っていたらしいね。楽しかった？』

青ざめて言葉を失っている僕に、彼は怖いほど紳士的な声で、

『旅行帰りで疲れているところ申しわけないが、急ぎの用事があるんだ。会いに来てくれ』

「……えっ……すみませんが……僕……」

『会社からワンブロック行ったところに、私のリムジンが停めてある。急いでそこに来なさい』

彼は、電話口で低く笑い、

『塔谷室長や、『セージ・オカモト』全体に関係する、重要な用件だ。来ないと後悔するよ』

「君は、『セージ・オカモト』が潰れてもいいと思う？」

彼のリムジンの中。

静かな声で聞かれて、僕は慌ててかぶりを振る。

「いやです、僕はあそこで働けることを誇りに思っています！　あの職場を愛しています！」

「……君が愛しているのは、それだけ……？」

嵩沢さんの、なんだか凶暴な声。僕は怯えながら目を上げる。

「……え……？」

「君は……あの男を愛しているんじゃないのか？　……チーフデザイナーの、塔谷という男を」

僕は一瞬言葉に詰まってから、慌てて、

「違います……そんなわけがないじゃないですか……彼は僕の上司で……僕らは男同士で……」

嵩沢さんは、僕の嘘なんかあっさり見破ってしまいそうな鋭い目で僕を見て、

「塔谷と二人きりで、パリに行ったんじゃないのか？　彼に抱かれてしまった？」

その唇には、なんだかすごく凶暴な笑みが浮かんでいて。

……僕、この人、すごく怖い……。

「……ち、違います……そんな……」

僕は、泣いてしまいそうになる。彼は、僕の顔を覗き込んで、

「……『セージ・オカモト』を救う方法がある。これは君にしかできないことだ」

僕は驚いて、彼の顔を見上げる。

「……僕に……ですか……？」

……『セージ・オカモト』を救える……？

彼はゆっくりとうなずいて、

「そう。君にしかできないことだ」

「教えてください！　それってどうすればいいんですか？」

僕は必死で言う。彼は楽しそうな笑みを浮かべて、

「君が……私のものになればいいんだ」

「……えっ……？」

僕は耳を疑う。

……僕が？　この人のものに……？

……どういうこと……？

固まっている僕に、彼は顔を近づけて、

「そうすれば、『セージ・オカモト』のことはあきらめてあげよう」

彼の手が、いきなり僕の腰をぐいっと引き寄せる。

「その方が、君のためにもなると思うよ」

彼は、息が触れそうなほどの至近距離から、僕の目を覗き込んで、

「『セージ・オカモト』を辞めなさい。そして私の会社に入るんだ。『ジョルジュ・デュバリエ』のデザイナー室所属にしてあげる。世界最高のブランドだよ。不満はないだろう?」

僕は、呆然と彼の顔を見返してしまっていた。

……そんな……。

彼は楽しそうに笑って、

「私はすでに『セージ・オカモト』の筆頭株主だ。あの会社はすでに私のものと言ってもいい。筆頭株主の私が提案すれば、嵩沢コーポレーションとの合併も時間の問題だろう」

「……そ、そんな……」

僕が怯えながら言うと、彼は楽しげに笑い、

「私は、狙った獲物は、ぜったいに逃がさないんだよ」

逃げようとしていた僕の腰を、またぐいっと引き寄せて、

「私は、君の才能と、君の美しさにやられてしまった。……君が欲しい」

……うそ……。

「『セージ・オカモト』を手に入れられれば、年間数百億円の利益が出るだろう。しかし、私は君が手に入るのなら、そんなものはもうどうでもよくなったよ」

彼は、うっとりと細めた目で僕を見つめ、

「私は、君に、数百億円の価値を見いだしたということだ」

「……もし、僕が……」

言った声が、情けなくかすれていた。

「……もし、僕があなたの会社に入れば、『セージ・オカモト』を潰したり吸収合併したりしないと約束してくれるんですか……？」

「約束するよ。君が、私のものになるなら……」

僕のあごに手をかけ、顔を近づけてくる。逃げる間もなく、キスを奪われる。

「……『セージ・オカモト』をあきらめてあげよう」

彼の囁くような低い声と、肉食獣みたいな鋭い視線が……僕は本当に怖かった。

「気が変わらないように、期限は半日。今日中に会社を辞め、今夜、私の会社に来なさい」

……いやだ……。

……でも……。

Rihito　12

夏希が俺のデスクの脇に立った。

終業後。デザイナーが全員帰ったのを見計らったように、夏希が俺のデスクの脇に立った。

「どうした？　言ってごらん。今日一日、元気がなかったね」

「僕……『セージ・オカモト』を、辞めたいんです」

彼は、かすれた声で言う。

「……え……？」

俺は耳を疑った。そして、聞き間違いだろう、と思いながら、

「今……なんて言ったんだ？」

夏希は、何かをこらえるように唇を噛んでいたが、覚悟を決めたように顔を上げ、

「会社を、辞めさせてください」

……嘘だ……。

俺は呆然と彼の美しい顔を見つめたまま、思っていた。

コレクションの成功が決まった時の、夏希の笑顔が脳裏をよぎる。

あの時あんなに幸せそうだった夏希の瞳は、今は悲しげな蔭を宿して沈んでいる。

何かが突き刺さったかのように、俺の心臓が激しく痛んだ。

……どうしてそんな顔をするんだ、夏希……？

俺は、彼に、いつでも幸せな顔をしていて欲しい。

そのためなら、どんなことでもしてやりたい。

……なのに……。

彼は涙をこらえるように長いまつげを伏せ、綺麗な形の唇を強く噛んでいる。

……原因は、俺か……？

「きちんと、理由を言いなさい。どうして急にそんなことを言い出したんだ？」

俺は立ち上がって彼に一歩近づき、驚いたように後ずさる彼の腕を掴んだ。

「……君は、会社の上司である俺と、あんなことをしたことを、後悔している……？」

俺の視線に耐えきれなくなったかのように、夏希は俺から目をそらす。

「夏希。俺は、君を本当に愛している。だから抱いたことを後悔はしていないし、間違ったことをしたとも思わない。だが、君は違うのか？」

囁くと、夏希は、小さく唇を開いた。薄《うす》桃色の美しい唇が、何かを言おうとするように震える。

しかし何も言わず、夏希はまた唇を噛んでしまう。

まるで尖《とが》った氷が突き刺さったように、心が痛む。このまま、心臓が凍りついてしまいそうだ。

「夏希、何があったんだ？　きちんと話してごらん」

掴んでいる夏希の華奢な腕から、小さな震えが伝わってくる。

「……僕、ほかの会社に移りたいんです。だから会社を辞めたいんです」

なにかを隠すように、早口で言う。

「夏希。どうして急にそんなことを言い出したんだ？　誰かに何か言われた？」

言うと、夏希の身体が、驚いたようにギクンと飛び上がった。

「なにがあった？　言ってくれ。君は、なにかを隠して……」

「違いますっ！」

夏希は言葉を遮るように叫び、俺から目をそらしたまま、

「僕、セージ・オカモトを辞めて、嵩沢コーポレーションに入るんです！」

……嵩沢コーポレーション……？

俺の脳裏を、二週間前の、パーティーの時の光景がよぎる。嵩沢は、あの時、夏希にしつこく話しかけていた。だが、夏希は心を動かされた様子もなく、ただ逃げようとしていて……、

……いったい、何が……？

「あっちの方が給料がいいし、やっぱりお金が大事だし、だから会社を変わりたくて……！」

俺は、目を伏せたまま叫んでいる夏希の頬に指で触れる。

驚いたように言葉を途切れさせた彼のあごを支え、顔を上げさせる。

「ちゃんと俺の顔を見て言いなさい。君は俺とよりも、嵩沢と一緒にいたい？」

「……あ……」

彼の身体が、ビクンと震えた。俺は彼の目をまっすぐに覗き込んで、

「俺のことを愛している、ずっと一緒にいたいと言った、あの言葉は嘘だった？」

「……あっ……！」

夏希は悲鳴のような声を上げる。

「夏希。本当のことを言いなさい」

「……ごめんなさい……僕、嘘ついてました……」

俺は、驚くほどホッとしてしまう。しかし次に彼の口から出た言葉に、愕然《がくぜん》とした。

「あなたのことを愛してるって言ったの……嘘です」

俺は状況が把握できずに、呆然とする。

「ごめんなさい、僕、あなたのこと愛してません！」

夏希は叫んで、もう耐えきれない、というように俺の手の中からすり抜ける。

「断ったら仕事がやりづらくなるかと思って、愛してるって言っただけです！　誘ってもらって気が向いたから、抱かれただけです！　セックスなんて、僕にとって大した意味はないんです！」

叫ばれた彼の言葉は、俺の心をまっすぐに貫いた。

「嘘だ、夏希」

夏希は、俺の視線を振り切るかのように激しくかぶりを振り、

「僕にとって一番大切なことは、デザイナーとして、ファッション業界で成功することです！　そのためなら、僕は、誰と寝たっていい！」

忘れられない、夏希との夜を思い出す。

彼はとてつもなく美しく可憐で、俺の愛撫に震え、羞恥に肌を染め、けなげに俺を受け入れた。

愛しています、あなただけです、という、彼の微かな囁きが、今でも耳に残っている。

夏希が同じ言葉をほかの男に囁くところが目に浮かび、俺は気が狂いそうになる。

「……誰……とでも……？　まさか、嵩沢とも……」

呟いた声が、絶望のあまりかすれる。夏希は苦しげに眉を寄せ、

「誰とでも、です。この世界でのしあがるためなら、僕はなんだってしてします。僕はそういう汚い人間なんです。……だから……」

彼は、まるで血を吐くような苦しげな声で、

「……もう、忘れてください……僕みたいに、才能もなくて、弱くて、汚い人間のことなんか。僕みたいな人間は、あなたにふさわしくない。……忘れてください」

彼は言って、俺から目をそらしたまま一歩後ずさり、

「辞表は、郵送します。荷物は、もう片づけてあります。と言ってもほとんどなかったけど」

胸が痛くなるような声で言い、悲しげにくすんと笑う。それから俺の顔をまっすぐに見つめ、

「……今まで、本当にお世話になりました」

青ざめた顔がとても痛々しく……俺の心を激しく揺らす。

「塔谷室長。あなたに出会うことができて、僕……」

彼は声を詰まらせ、そのまま言葉を飲み込んで、もう一度頭を下げる。

それから、俺が伸ばした手をすり抜けて、踵を返す。

そして何かを振り切るように走り出し、デザイナー室から駆け出していく。

俺の脳裏を、嵩沢の凶暴な笑みがふいによぎった。

……夏希……まさか……。

Natsuki 13

「……いやっ……いやです……っ！」

僕は、必死で抵抗していた。

嵩沢コーポレーションの社長室。

秘書の人が出ていった途端、彼はいきなり僕をソファに押し倒した。

リヒトとの甘い夜を思い出して、涙が溢れる。

あの夜、僕は数え切れないほど、『僕はあなただけのものです』って言った。

……なのに……、
嵩沢さんの手が、僕の眼鏡を取り上げ、上着のボタンを外し、肩から落としてしまう。

「お願いです……デザイナーとしてなら、いくらでも働きます……だから……っ！」

泣きながら言うけど、彼はやめてくれなくて。

「君の全てが欲しいと言っただろう？」

「……いっ、いやあっ……！」

ネクタイを解かれ、Yシャツのボタンを外されそうになって、僕は思い切り抵抗した。

……僕の身体は……彼のものなのに……！

「そんなに暴れると、ひどいことをしてしまうよ？」

彼が僕のYシャツの襟元に手をかけ、一気に開く。美しい貝ボタンが、勢いよく弾け飛ぶ。

「……いやっ！」

そのままYシャツを脱がされそうになり、僕は泣きながら、

「やめてくださいっ！」

「そうやって抵抗されると、ますます燃えてくる」

「やめてくださいっ、シャツが……！」

掴まれ、むりな力で引っ張られて、ビリッという音と共に、僕のYシャツの布地が裂けた。

僕は青ざめ、それからふっと抵抗する力を失う。

……塔谷室長が誉めてくれた、シャツが……。

思っただけで、また涙が溢れる。嵩沢さんはなんだかあきれたように笑い、

「悪かったね。だが、また新しいのを買ってあげるよ。こんなものは、たかが布きれだろう」

その言葉に、僕は息をのんだ。

……そう。服は、身体を覆うためだけに作られた、ただの布きれ、だ。だけど……！

……僕らデザイナーは、それを創るために、命を削るような想いをしているのに……！

僕の心に、激しい怒りの炎が燃え上がった。

……こんな人に、『セージ・オカモト』を潰させたりはしない……！

……そのためなら、僕は……！

「……僕があなたのものになれば、本当に『セージ・オカモト』を潰さないでおいてくれますか？　約束してくれますか？」

言うと、彼は少し驚いたような顔をする。それから、

「約束する。そのかわり、二人だけの夜には、どんなことでも私の言うことを聞くんだよ？」

ものすごく獰猛な目をして僕を見つめ、低い囁きで、

「……私のものになるというのは、そういうことだ」

僕の背筋を冷たいものが走り抜けた。

……リヒト以外の男に抱かれるなんて、絶対にいやだ……でも……。

涙がまた溢れて、僕の目尻から、涙が滑り落ちた。

……彼を守るためなら、僕は……！

「……わかりました」

……僕は、彼と、彼の作品を守るためなら、どんなことでもできる……。

「僕をあなたものにしてください。何でも言うことをききます。ただ……」

僕は、精いっぱいの強い視線で、彼をまっすぐに見つめ、

「……『セージ・オカモト』には手を出さないと言う約束を、忘れないで」

嵩沢さんは一瞬気圧《けお》されたような顔をし、それからニヤリと笑って、

「そんな目もできるんだな。……ますます気に入ったよ」

言って、僕の首筋に顔を埋める。

「……才能に溢れ、美しく、しかもとても強い」

囁きながら首筋に繰り返される、彼のなまあたたかいキス。

「君こそが、私の城のお姫様に相応しいよ、夏希」

僕は、王子様が来るのを夢見ていた頃を思い出す。初めてリヒトに会った日。結ばれた夜。

……もう、あの頃には戻れないんだ……。

嵩沢さんの指が、無惨に破けた僕のYシャツをゆっくりとはぎ取っていく。耳元で囁きが、

「……愛してるよ、夏希……！」

……リヒト……僕はあなたのためなら、どんなことでもできる……。

僕は心の中で呟いて、そのまま目を閉じる。

Rihito 13

俺と聖二は、嵩沢コーポレーションの本社に来ていた。

「社長は今、大切なお客様を接客中です！　誰も入れないように、と厳命されておりますので！」

言いながら、俺の腕を、秘書らしき男が掴もうとする。

「ほお。私たちが大切なお客じゃないとでも？」

聖二が言いながら、その男と俺の間に割り込んで、

「会社を、合併するか、しないか、というくらいの仲なのに。つれないなあ」

俺はそのスキに社長室のドアに駆け寄り、ノブに手をかける。

俺の心臓がズキリと痛む。

……夏希……。

……もしドアを開け、夏希が酷《ひど》いことをされた後だったら、俺は……！

俺は、深呼吸して、一気にドアを開く。

目に飛び込んできたのは、ソファに押し倒されている、夏希の姿だった。

夏希は覚悟を決めたように目を閉じていたが、その頬には痛々しく幾筋もの涙が伝っている。

「……愛してるよ、夏希……！」

嵩沢が囁き、夏希の首筋にキスをする。夏希が震え、嫌悪《けんお》するように眉をきつく寄せる。

「……嵩沢」

言った声が、怒りのあまり震える。

「うちのデザイナーを、返してもらおうか？」

嵩沢が、驚いたようにガバッと起きあがった。

「……と、塔谷……！」

夏希が、信じられない、という顔で目を見開き、ゆっくりと俺の方に顔を向ける。

俺の姿を認めたその目に、ゆっくりと涙の粒が盛り上がった。

身を起こした嵩沢が、開き直ったように苦笑して、

「無粋なことをするね。せっかくの恋人同士の甘い時間が台無しだ」

「……なに？」

「夏希は、私の恋人になったんだ。さっさと出ていってもらおうか。……ああ、それから……」

彼は勝ち誇ったように笑って、夏希を引き寄せると、

「もう、『セージ・オカモト』には手を出さないよ。安心したまえ」

獲物をくわえ込んだ野獣のように、満足げな目をして言う。

「私の恋人が、そうしてくれ、と言うんだ。我ながら甘いな、と思うが、可愛い恋人の頼みでは仕方がない。……愛しているよ、夏希」

まるで美しい人形のように力なくうつむいた夏希の髪に、音をたててキスをする。

「……夏希」

俺が呼ぶと、痛々しくむきだしになった夏希の華奢な肩が、ビクン、と震えた。

「会社を辞めて自分のものになれば、『セージ・オカモト』を合併しないでおいてやる、この男にそう言われたのか？」

夏希が、驚いたように俺の顔を見上げた。

……やはりそうか……。

「心配させて悪かった。大丈夫。『セージ・オカモト』は、こんな男の思い通りにはならないよ」

言うと、夏希は驚いたように目を見開いて、

「ほ、本当ですか？」

「本当だ。だから、いつまでもそんな男のそばにいないで。おいで」

俺が手を差し出すと、夏希は弾かれたように立ち上がり、俺の元に駆け寄ってくる。

俺はその身体を抱きしめ、痛々しく破かれたYシャツの上から上着を着せかけてやりながら、

「書類を揃えるのに手間取ってしまった。嵩沢さん、あなたは自分が『セージ・オカモト』の筆頭株主だと言ったが……それは間違いだよ」

「なに？」

「『セージ・オカモト』の筆頭株主は、『リヒト』だ。彼に一番の権限がある」

嵩沢は、度肝を抜かれたような顔で、

「なにを言っているんだ？　『リヒト』はドイツ人だろう？　外国人は、二十パーセント以上は株を取得できないはずだ！　だから……」

「『リヒト』が外国人？　そんなゴシップ記事を本気にしていたのか？」

「ど……どういうことだ……？」

俺は、内ポケットから名刺入れを出す。中から一枚名刺を取り出して、

「名刺をお渡ししていなかった。あなたは、たかがデザイナー室の責任者、と思いこんで、俺の名刺を欲しがろうとはしなかったし。これは本当に内輪の人間にしか渡さない方のものだが」

俺が差し出した名刺を、嵩沢は受け取り、

「『塔谷理人』・『R・i・h・i・t・o　T・o・h・y・a』？　……リヒト……？」

呟いて、呆然と俺の顔を見つめる。俺は彼にうなずいて、

「『リヒト』と呼ばれているのは、俺です。岡元聖二の共同経営者、国籍は日本。そして……」

俺はデザインバッグの中から、株券の束をとりだして、

「『セージ・オカモト』の株を四十五パーセント所有しています。株を研究しだしたら癖になってしまいました。だから『セージ・オカモト』だけでなく……」

俺は、別の株券を取り出して、デスクの上に広げてみせる。

「『嵩沢コーポレーション』の株を五十二パーセント所有してしまった。お宅の会社の……」

嵩沢の目の前のローテーブルに、その株券をばさりと置いて、

「……筆頭株主でもあります」

嵩沢は一気に青ざめ、俺を見上げて、

「……そんな、まさか……」

俺は、肩をすくめて見せて、

「人の会社の株を心配する前に、自分の会社を心配した方がいいのでは？　『パリ・オートクチュール協会』の名誉会員であるジョルジュ・デュバリエ氏から、歴史ある会社を奪い取ろうとしたあなたは、ファッション業界全体から、たいへんな反感を買っています。そろそろ、『嵩沢コーポレーション』の製品の不買《ふばい》運動が始まるんじゃないのかな？」

「……なに……？」

嵩沢の顔が驚きに歪む。俺は彼を見下ろして、

「そんなことになったら、あなたの責任は大きい。筆頭株主として、社長の交代を、嵩沢グループの会長……あなたのお祖父さんに申し入れたほうがいいかもしれないな」

「……なに……？」

「嵩沢会長とあなたは、あまりしっくりいっていないようだ。嵩沢会長は、現在の副社長、あなたの従兄弟《いとこ》を社長にしたいと機会を狙っている。俺の申し入れは、会長には歓迎されると思うよ」

俺が言うと、嵩沢は狼狽した声で、

「ま、待ってくれ！　社長職を降ろされるのは困る！　私がどんな大変な思いをして色々な会社を吸収し、事業を広げてきたか……」

俺の脚にすがりつかんばかりの顔をして言う。

「どうすればいい？」

「交換条件がある。飲んでもらえれば、社長交代の要求は出さないことにする」

「な、なんだ？」

「あなたが買い漁った『セージ・オカモト』、そして『ジョルジュ・デュバリエ』の株を買い戻させてもらう。今後、この二社を合併吸収しようなどとは思わないことだ」

嵩沢は操《あやつ》り人形のようにカクカクとうなずいた。俺は、

「嵩沢コーポレーションが、吸収合併した三社の社長と会ってみる。もしも彼らが要求するならば、吸収合併を解くこと。そして今後一切、ファッション業界には足を踏み入れないこと」

嵩沢は憎々しげに眉を寄せるが、敵わないと思ったのか渋々うなずく。俺は、

「そして、もう一つ言いたいことがある。一番大事なことだ」

「……まだ何かあるのか？」

「これは筆頭株主としてではない。一人の男としての要求だ」

俺は言いながら、嵩沢に近づく。彼のスーツの襟を掴んで、

「……夏希に、二度とつきまとうな。今度、一度でも彼に手を触れたら……」

俺は、嵩沢の目をまっすぐに覗き込み、

「……おまえの命の保証はない」

言うと、嵩沢は本気で怯えたような顔をし、手を離すとそのままへなへなと座り込んだ。

部屋に入ってきた聖二が、立ちすくんでいる夏希に向かって、

「愛社精神には感謝するが、そんな綺麗な身体を粗末《そまつ》にしちゃいけないよ。まったく」

「夏希、俺をこんなに心配をさせて……」

言うと、夏希は、泣きだしそうな顔で俺を見る。俺は彼に歩み寄って強く抱きしめ、耳元で、

「……おいで。朝までおしおきだよ」

Natsuki 14

「……あ、ああ……」

高い天井に響く、僕の声。

「……リヒト……リヒト……」

彼の名前を呼び、彼の逞しい身体にすがりつき、僕はこれが夢ではないことを確かめる。

「……夏希……」

耳元に、彼の低い声。

なんだか苦しげで、欲望に耐えかねたように男っぽくかすれて、ものすごくセクシーだ。

「……愛している……」

囁いて、彼の唇が、僕の胸に触れてくる。

キスで探し出した一番敏感な乳首の先端に、まるで吸血鬼みたいにきゅっと歯をたてる。

「……ああ、んっ！」

僕は、甘い声を上げてしまう。僕の反応を確かめた彼が、そこを強く吸い上げる。

「……は、あ……！　ああーっ……！」

僕を喘がせておいて、彼の美しい指が身体を滑り降りる。

「……あ、やっ！」

大きな手で、屹立を、きゅ、と握り込まれて、僕の腰が跳ね上がってしまう。

「あっ！　……くうんっ！」

僕の屹立は、垂らした蜜で、もうどうしようもないくらいヌルヌルに濡れてしまっていて……、
手をほんの少し動かされただけで、もう駆け上ってしまいそうになり……、

「……ああ……いや……！」

「……どうしたの？　感じすぎて恥ずかしい？」

濡れているのを確かめるように手を動かされて、僕は羞恥の涙を振り零しながらうなずく。

「……綺麗だ、夏希。愛している」

「……あっ、あっ、だめ……！」

容赦なく手を動かされて、僕は喘ぎ、シーツを掴み、身体をのけぞらせて……、

「……あっ！　ああああーっ！」

彼の美しい手の中で、僕は思いきり放ってしまった。

「……あ、いやあ……」

弛緩し、羞恥の涙を溢れさせる僕に、彼は情熱的なキスをして、

「……愛している。奪ってしまいたい……」

彼のたっぷりと濡れた指が、僕の蕾に、クチュ、と押し入ってくる。

熟練したクチュリエの手つきで、彼は僕をめちゃくちゃに感じさせ、濡らし、押し広げ……、

「……あ、ああ……お願いです……もう……」

僕は快感に全身を震わせながら懇願し、彼の身体にすがりついた。彼はイジワルな声で、

「……もう？　……もうどうして欲しいのか、言ってごらん……？」

僕は、恥ずかしくて恥ずかしくて、また泣いてしまいながら、

「……お願いです。奪って。僕をめちゃくちゃにして欲し……」

言葉が終わらないうちに、僕の両脚が押し開げられた。驚いて硬直する僕に、

「……いい子だ。力を抜いて……」

囁いて、彼が、熔けそうなほどに熱く、逞しいものを、僕の蕾に押し当てる。

「……くっ……！」

よみがえる、初めての時の痛みの記憶。

だけど、彼の指に蜜で濡れた屹立を愛撫されて、すぐに何も解らなくなる。

「……ん……リヒト……リヒト……あ、ああーっ……！」

一瞬のスキをついて、彼が、ググッ、と侵入してくる。

蕾が開かれる時の痛み。だけど彼を受け入れることは、僕にはものすごく幸せで。

「……ん、んん……や、ああっ……！」

彼が、さらに深いところまで僕を侵す。いきなり身体を走った快感に、僕は思わず声を上げた。

「……あっ！　ああっ！　リヒト！」

「……愛しているよ、夏希……！」

囁いて、そして彼は獣に変わる。僕の感じる場所を容赦《ようしゃ》なく愛撫し、動きを早くして……、
激しく揺れるベッド、彼のコロン、彼の熱、そして僕の全てを奪い取る、逞しい彼の……、

「……あっ、愛してる、リヒト！」

僕の身体を、激しい電流が駆け抜けた。

「……ああーっ！　くう、んっ！」

僕は快感に背中をのけぞらせながら、逞しい彼を、きゅうっ、と締め上げてしまう。

そしてもう我慢できず、彼の手の中に、ドクンドクン！　と激しく白い蜜を放ってしまった。

「……夏希……俺も愛しているよ……」

彼は、ものすごくセクシーな声で囁き、僕の奥深くに、激しく熱を撃ち込んだ。

「……僕には、王子様なんか来ないと思っていました……」

シャワーの後。ベッドの上で彼の腕に抱かれながら、僕は言う。

「……でも、僕をこんなに幸せな気持ちにしてくれて……きっとあなたが僕の……あれ……？」

僕は、あることを思い出して、

「そういえば、前に勤めてた会社のお店に、僕の服ばっかり買ってくれるお客さんがいたんです。販売員さんたちは、『あの人があなたの王子様よ！』って言ってたけど、違ったみたいですね。

……そういえば、あの人ってナニモノだったんだろう？」

「ええと、夏希。一つ、告白してもいいかな？」

「告白？　……なんですか？」

「実は、俺がよく行っていたバーが、君の前の会社の向かい側にあったんだ」

僕は、前の会社のオフィスを思い出す。たしかに、向かいのビルには、お洒落なバーが……、

「君の店に、君の作品を買うために通っていたのは……実は俺なんだよ」

「えええええーっ？」

◆
◇
◆

僕が叫ぶと、彼はそのハンサムな顔に似合わない、照れたような表情を浮かべて、

「君と、君の作品に一目惚れした。だから君の作品は、そこのクローゼットに並んでいるよ」

僕の胸が、きゅっと熱く痛んだ。なんだか、泣いてしまいそうだ。

「……僕、自分には王子様なんか絶対に来ないって思ってて。だけど……心の中では、きっと信じたいと思っていたんです」

「信じていたから……ちゃんと来ただろう？　こんなにハンサムな王子様が」

大真面目な顔で言われて、泣きそうになっていた僕は、思わず笑いだしてしまう。

笑いの止まらない僕を彼の腕が捕まえ、そのまま、激しくて優しいキス。

「初めて見た瞬間から、君は俺のお姫様だと思っていた。……愛しているよ……」

「……んん、僕も愛しています、リヒト……」

「ああ、君があんまり可愛いから、もう一度、抱きたくなってしまった。……いいね、お姫様？」

囁かれて、僕の身体から力が抜けてしまう。彼の唇が、僕の身体を滑り出す。

……ああ、迎えに来てくれた王子様が……こんなにエッチな人だったなんて……！

◆◇◆

七月。パリ。ルーブル美術館の地下、ル・カルーゼル・デュ・ルーブル。

今日は僕の誕生日、そしてメンズ&オートクチュール・コレクションの当日だ。

『セージ・オカモト』のデザイナー室のメンバーは、あいかわらずだ。クリスとアンディは、あの後、『セージ・オカモト』ブランドの専属デザイナーとして正式に契約を結んだ。『肉体関係一切ナシ!』みたいだけど、岡元社長はたまに襟元の両側にキスマークをつけられていることがある。僕の代わりに、すっかりあの双子のおふざけの相手にされているらしい。

僕は、ステージが見える暗がりに立ち、緊張しながらリハーサルが始まるのを待っている。

いきなり後ろから抱きしめられ、首筋にキスをされて、僕は飛び上がる。

そこに立っていたのは、塔谷理人。世界に名だたるデザイナーで、僕の上司で、恋人で……、

「夏希。終わったら、すぐにホテルだよ。ベッドの上で、一晩中、君のお誕生日祝いをしよう」

「だめです! せっかくあなたがスーツをプレゼントしてくれたんですから、パーティーに……」

「そんなことを言うと、ここで今すぐ押し倒して、スーツを脱がせて、君を奪ってしまうよ?」

王子様みたいなすごいハンサムなのに、こんな甘い声で、こんなエッチなことを言う。

でも、愛してる、って囁かれ、唇にキスをされたら、僕はもう何もかも忘れてしまいそう。

……ああ、やっと現れた僕の王子様は、本当に本当にセクシーだったんだよね……!

Fin.

あとがき

こんにちは、水上ルイです！　初めての方に初めまして！　水上の別のお話を読んでくださった方にいつもありがとう！　これが水上の十八冊目の本になります！

今回は水上が新しくチャレンジした服飾業界、ファッションデザイナーもの。「水上の本は××シリーズしか読んでないし〜」なんて冷たいことを仰らず、この本を持ってレジへゴー！（?・笑）

しかし。新しくチャレンジとか言いながら、『クローゼットで奪いたい』は、デビュー二作目のあとくらいにすでにプロットができていたのです。しかし、デビュー作、第二作とデザイナーものが続いたので「そればっかりって感じ?」と第三作目は別のお話にしたのでした。そして、この『クローゼット〜』のプロットは、何年も引き出しの奥深くにしまったまま（笑）。いろいろ別のジャンルも書かせていただいたので、「そろそろいいか?」と引っぱり出し（昔書いたプロットだったのでそうとう直しましたが・泣笑）、今回作品にしてみました。いかがだったでしょうか？　水上は、モノ書きになる前は某企業のジュエリーデザイナーだったのですが、水上が勤めていた会社では紳士服＆婦人服も扱っていたので、同じフロアにファッションデザイナーさんたちもいらしたのでした。彼らがとても格好良かったので、「ファッションデザインのお話書きたい！」と煩悩を燃やしつつ、はや何年？（笑）このお話を書くのは、とても楽しかったです！（やはりハンサム＆セクシーなお兄ちゃんが好きなのか・笑）「塔谷室長×夏希くんのラヴラヴをもっと！」と思ってくださったあなた、リーフさん気付のお手紙にてリクエストをどうぞ！（笑）

それではこのへんで、お世話になった方々に感謝の言葉を。

素敵なイラストを描いてくださった史堂櫂先生。「なんて素敵な絵をお描きになる方なんだ！」と前からうっとりしていたので、ご一緒できて幸せです。これからもよろしくお願いいたします！

太郎。白と黒の某スケルトンのラップトップ、可愛いかな〜？……ブラックタイ着用（笑）。

リーフ出版の皆様。大変お世話になってます！（涙）これからもよろしくお願いいたします！

あ、お知らせを一つ。『一九九九年度・読んでくれてありがとうプレゼント』の最後のキーワードは水上の三月発刊『ネットワークでつかまえて』に載ってました。チェックよろしく！

『二〇〇〇年度・読んでくれてありがとうプレゼント』の最初の文字は『I』。抽選で五名様にけっこうイイモノ当たります。応募要項は水上ペーパーか水上公式Webサイトにて！

それでは。この本を読んでくださったあなたへ、どうもありがとうございました！　ご感想などお聞かせいただけると水上泣いて喜びます！　またお会いできる日を、楽しみにしています！

二〇〇〇年　五月　水上ルイ

リーフノベルズ近刊案内

朝比奈に二度と顔向けできないようにしてやるよ、泉樹。

金のひまわり

遠野春日　イラスト／蓮川　愛

泉樹の元に届けられた姫ひまわりの花束。――それは、恋人との仲をぎくしゃくさせ、ずっと意識し続けてきた同期の弁護士・白石弘毅との再会のきっかけとなった。遠野春日が描く、法曹界の男たちの危険なラブロマンス。

『恋より激しく』で注目を浴びたサイドカップル登場！

愛できつく縛りたい

きたざわ尋子　イラスト／金沢有倖

次期当主候補の一成に恋心を抱いてしまった側近の潮。しかし、それは許されないことだった。成長するにつれますます深くなる一成への想い。潮はそれに歯止めをかけるため留学を決意する。だが、それを知った一成は…？

5月15日発売予定

予価850円＋税

リーフノベルズ既刊案内

好評発売中♥

■磯崎なお■
恋はお熱く（成神　護）

■S・稔也■
●題名のない物語り（相模郁人）
A Puppet of Happiness（晞本咲子）

■大槻はぢめ■
眠れる森の王子様（起家一子）
とびっきりのシチュエーション（起家一子）
恋する気持ちは波乱万丈！（起家一子）

■沖田　翼■
痛い目にあいたい（東夷南天）

■鹿住　槇■
●僕らは大丈夫（桜　海）
迷子のスピリット（片瀬　操）

■バーバラ片桐■
爪を立てて眠れ（七瀬かい）
オフィス・ラブ（七瀬かい）
欲望だけが僕を殺す（猿山貴志）
妄想だけが僕を殺す（猿山貴志）
スキャンダラスな関係（猿山貴志）
純情可憐なZA《オレさま》の気持ち（猿山貴志）

■金沢有倖■
誰にも渡さない（金沢有倖）
ずっとあなただけ（金沢有倖）

■上永りら■
●君だけの天使になりたい（東谷　珪）
●涙にキッス♥（東谷　珪）
恋は理屈じゃない（東谷　珪）
すまいる♥スマイル（東谷　珪）

■きたざわ尋子■
恋より激しく（金沢有倖）

■くればやしミユキ■
センセイといっしょ♥（こうじま奈月）

■黒川あづさ■
KISSと革命（黒川あづさ）

■黒崎　薫■
恋する理由（嵩田イリヤ）

■高円寺葵子■
俺の兄キに手を出すなッ（相模郁人）
月下のストレンジャー（相模郁人）
2STEPジェネレーション（相模郁人）
永遠ロマンス（実相寺紫子）
昇・天～天使が笑う～（藤崎寛之丞）
水の輪舞（鳥羽笙子）
恋の花を咲かせましょ！（のもまりの）

■香月宮子■
ふたりで…しよ♡（桃季さえ）
ちいさくたってデキるのっ！（桃季さえ）
いまどきの♡兄弟（くおん摩緒）
食・べ・て（くおん摩緒）
恋はイースターエッグから♡（アサムラ）

■小林　蒼■
●瞳そらさないで（越智千文）
●いつでも君を見つめてる（越智千文）
●来年の夏も（越智千文）
●世界中の誰よりも（越智千文）
シーサイド・パラダイス（葵　砂良）
小さな恋のメロディ（葵　砂良）

定価はすべて税別　定価本体850円（★757円、●854円）

リーフノベルズ既刊案内

好評発売中♥

■長谷川忍■
やさしい反逆（青海信濃）
パレードに雨を降らせないで（螺川マキ）
ハネムーン・イン・ベイルート（蓮川　愛）

■速川ほなみ■
●彼はシャイマン（果桃なばこ）
●花束を君に（果桃なばこ）
スカイ（果桃なばこ）
真冬の恋は夏実る（果桃なばこ）
ダウンサイズ（果桃なばこ）
レベルアップ（果桃なばこ）
春休み（葛井美鳥）
運命は君しだい（葛井美鳥）

■火崎　勇■
●日常侵略！　澄倉さん　1〜2（岬ひろし）
●満天の星の下（岬ひろし）
●レゾナンス　—響く声—（岬ひろし）

■日向唯稀■
ハッピー♡エンド症候群（かすみまゆ）
ハッピー♡ラブ症候群[2]（香住真由）
マイ・フェア・ボーイ♡（桃季さえ）

■藤村裕香■
ムーンラビットにお願い（大和名瀬）
ローズガーデンへようこそ（大和名瀬）
テディベアにくびったけ（かんべあきら）

■冬城蒼生■
パーフェクト・トライアングル（美杉果林）
きっと僕らは恋をする（起家一子）

■ふゆの仁子■
愛をください（水木かおる）

■堀川むつみ■
●タイムレコーダーは眠らない（摩耶薫子）
●スター・フェリーは眠らない（摩耶薫子）

■まのあそのか■
うちの教師にかぎって！（円陣闇丸）

■水月真兎■
ENDLESS RAIN（嵩田イリヤ）

■水司　亮■
●僕の天使はご機嫌ナナメ♥（南部めい子）
●放課後恋愛注意報♥　1〜2（南部めい子）
ナイショの恋愛遊戯♥（南部めい子）
ファースト・ステップ（文月まなみ）

■水戸　泉■
幸福のススメ（里中　守）

■水上ルイ■
●恋するジュエリーデザイナー（吹山りこ）
●彼とダイヤモンド（吹山りこ）
悩めるジュエリーデザイナー（吹山りこ）
迷えるジュエリーデザイナー（吹山りこ）
副社長はキスがお上手（羽柴紀子）
スーツを脱ごう！　恋に落ちよう!!（羽柴紀子）
スーツを脱ごう！　キスをかわそう!!（羽柴紀子）
イジワルなダーリン♥（羽柴紀子）
ワガママなハニー♥（羽柴紀子）
ブレスレスボーイズ（羽柴紀子）
ミステリー作家と危険な彼（羽柴紀子）

定価はすべて税別　定価本体850円（★757円、●854円）

リーフノベルズ既刊案内

好評発売中♥

デジタルな誘惑　(杜山まこ)
ネットワークで恋をして　(杜山まこ)
ネットワークでつかまえて　(杜山まこ)
放課後のイケナイふたり　(こうじま奈月)

■水無月さらら■
明日のこーすけクン　(夢殿りさ)
僕はうさぎ少年　(大和名瀬)

■雅　桃子■
僕の初恋物語1~7　(えのもと椿)
天使たちのクリスマス♥　(えのもと椿)
●ちょっとアブナイ恋物語　(えのもと椿)
ちょっとえっちな恋物語　(えのもと椿)
●優那君の熱愛物語　(えのもと椿)
由良伝説（上・下・外伝）　(東夷南天)
新・由良伝説1~2　(東夷南天)
研究室にいらっしゃい♡　(東夷南天)
踊る大研究室♡　(東夷南天)
研究室ウォーズ♡　(東夷南天)
恋の初めはラブレター　(あきばじろぉ)
もっと愛して　(あきばじろぉ)
RED　MOON　(ひたきかなこ)

■杜　楓子■
ユメノ果実　(須賀邦彦)
葡萄畑でつかまえて　(須賀邦彦)

■森本あき■
伝えたい気持ち　(滝りんが)
いつだって、愛してる　(滝りんが)
魔法の言葉をささやいて　(滝りんが)
好きという名の魔法　(滝りんが)
何度もきみに恋をする　(葛井美鳥)

■矢崎　怜■
お隣の旦那さん　(矢崎　怜)
恋してスクランブル！　(矢崎　怜)
ヒ・ミ・ツ♥のダイアリー　(嶋津　裕)

■由比まき■
●その恋、進入禁止！　(菅原　竜)
アイドルだけど純愛中！　(夕夜　京)
ボクの救世主…かも。　(夕夜　京)
きっとできるもんっ　(夕夜　京)
恋人はひとりだけ　(滝りんが)
××《バッバッ》されたい　(滝りんが)
愛、まもらなきゃ！　(滝りんが)
シアワセナカタチ　(あらし山ジョン子)
樹雨にぬれても　(大和名瀬)

■ゆうきみもざ■
ハートにタッチ　(こでまり蓮華)

■袖子稀ぜねこ■
ハッピーロード　(天禅桃子)
波乱ばかりのエブリデイ！　(天禅桃子)
最初の体温、最後の恋　(藤たまき)

■吉田珠姫■
●春ものがたり　(吹山りこ)
●夏の破片　(葺野緻依)
愛の奴霊♡　(あきばじろぉ)
みんな誰かの王子様♡　(あきばじろぉ)

■らんどう涼■
ないしょの関係　(葛井美鳥)
僕の居場所　(明神　翼)
天使の微笑・悪魔の囁き　(起家一子)
天使たちのイケナイ計画♥　(かんべあきら)

定価はすべて税別　　定価本体850円（★757円、●854円）

通信販売のお知らせ

リーフノベルズの本が欲しくても、お近くに書店のない方、あるいは書店があっても取り扱っていない、注文してもなかなか手に入らない、という方には、当社通販でのご購入がオススメです！

発売中の本はもちろん、新刊も、ご予約くだされば発刊後いち早く発送、お手元にお届けいたします。

さらに、ただいま３冊以上をまとめて通販でご注文いただくと、㊙情報満載の特別小冊子（非売品）がもれなく付いてきます!!

♥お申し込み方法♥

郵便局で振込用紙《ふりこみようし》をもらい、

①【口座番号】を書く。➡ 00170－9－66259
②【加入者名】を書く。➡ 株式会社リーフ出版
③【通信欄】に、欲しい本のタイトルと冊数を書く。
④【金額】欄に、本の代金＋消費税＋310円（送料）の合計を書く。
⑤【払込人住所氏名】を書く。
（郵便番号と電話番号も忘れずにネ）
⑥右側の【受領証】にも同様に書く。

すべて書き終わったら、お金と一緒に郵便局の窓口へ！

（手数料がかかりますので、お金は少し多めに持っていきましょう）

注目!! ⇨

◎送料について◎

何冊お求めいただいても、新刊本・既刊本をまとめてお申し込みいただいても、
送料は **一律 310円** です。
（ただし、一枚の振込用紙に記載されている場合のみです。後からの追加注文は別精算になります）

※受領証（振込用紙の右側の部分）は、商品がお手元に届くまで、大切に保管しておいてください。
※万一、お求めの本が品切れや絶版だった場合には、かかった手数料を差し引いて、為替にてお返しいたします。
※お申し込み後（発刊後）半月以上たっても届かない場合は、大至急ご連絡ください。　☎03-5700-2160（通販係）

リーフノベルズをお買い上げいただき
ありがとうございました。
この本を読んでのご意見、ご感想をお待ちしております。

〒146-0082　東京都大田区池上1-28-10
リーフ出版編集部「水上ルイ先生係」
「史堂　櫂先生係」

クローゼットで奪いたい

2000年5月1日　初版発行

著　者——水上ルイ
発行人——宮澤新一
発行所——株式会社リーフ出版
〒146-0082　東京都大田区池上1-28-10
TEL. 03-5700-2160
FAX. 03-5700-0282
発　売——株式会社星雲社
〒112-0012　東京都文京区大塚3-21-10
TEL. 03-3947-1021
FAX. 03-3947-1617
印　刷——東京書籍印刷株式会社

ISBN4-434-00116-7　C0293